Une femme peut en cacher une autre

Le début d'une nouvelle vie

Lorsqu'Alexandra se regarda dans le miroir ce soir-là, après avoir ôté son maquillage minutieusement, elle dressa deux constatations. Elle ne savait définitivement pas se démaquiller correctement, puisqu'elle pouvait apercevoir son teint légèrement noirci par le mélange khôl-mascara qu'elle avait étalé sans le vouloir avec son coton. C'était son premier point. Le second, plus grave, elle ne se reconnaissait pas. En une journée, elle avait l'impression d'avoir pris des années. Ses traits étaient fatigués, tirés, sa peau bien que déjà légèrement abricotée par les beaux jours lui semblait pâle, les poches sous les yeux trop voyantes. Elle détesta le miroir de cette chambre d'hôtel un peu trop sombre avant de se rendre à l'évidence qui se présentait à elle : elle détestait son reflet.

Alexandra se définissait comme une jeune femme dynamique et accessible, souriante et enjouée. Son rire était communicatif et ses larmes attendrissantes. Elle était la joie de vivre à l'état pur, elle vibrait au rythme de ses émotions et entraînait tout son petit monde avec elle. Quand on lui demandait son âge, elle annonçait ses trente-deux ans posément, avec ce petit tic de remettre ses cheveux derrière l'oreille comme pour se donner une contenance.

Elle était en couple avec Bastien depuis presque trois ans. Ils s'étaient rencontrés sur leur lieu de travail, une multinationale dans le domaine médical : Medisafe. Bastien était destiné à devenir directeur commercial de l'entité France dans laquelle Alexandra avait été embauchée cinq ans plus tôt comme commerciale. Lui était dans un vaste bureau, aux grandes vitres teintées, elle était le plus souvent dans sa voiture, sa deuxième maison aux ouvertures restreintes.

Lorsqu'ils se sont rencontrés, Alex était dans les lieux pour passer son entretien d'embauche. Elle travaillait à l'époque dans un tout autre domaine et souhaitait changer de vie. Bastien lui avait tenu la porte pour entrer dans une petite salle où l'attendait déjà la directrice des ressources humaines, elle leur avait trouvé à cet instant une allure sévère, une allure de circonstance. Leurs visages s'étaient à peine détendus tout au long de l'entretien et Alex était persuadée que les choses étaient mal engagées quand elle quitta les lieux.

Alex mesurait un mètre et soixante-cinq centimètres, enfin ça c'est ce qu'elle annonçait partout : à la mairie pour faire sa carte d'identité, devant les copines, où pour ses petits-amis, en vrai elle en faisait deux de moins. Les cheveux mi longs légèrement dégradés couleur châtain, les yeux noisettes, elle affichait une tenue impeccable avec son tailleur bleu marine cintré dans lequel s'était logé sa silhouette svelte qui n'avait pas échappé au regard de Bastien.

C'est lui qui la rappela deux jours plus tard pour lui annoncer qu'elle était la bienvenue dans la société dès que possible. Elle présenta donc sa démission et sauta le pas le mois suivant. Il était alors son responsable hiérarchique direct et l'a pris sous son aile pendant le premier mois : découverte de la société, informations et formations à avoir, présentation de sa mission et des collaborateurs extérieurs...

Alex appréciait son nouveau travail et ses collègues. Elle comprit rapidement que tous n'avaient cependant pas eu le même accueil et se mit à regarder Bastien sous un autre œil tout aussi respectueux mais plus admiratif.

En pleine trentaine, après que son couple ait battu de l'aile pendant de longs mois avant, elle avait décidé de transformer sa vie. Elle avait eu envie de mener à bien des projets auxquels son compagnon restait plus qu'indifférent et la situation était devenue étouffante. Elle avait changé de coupe de cheveux, renoué avec de vieilles copines, revu son look, elle était devenue une nouvelle femme pour sortir de cette carapace qui semblait se refermer sur elle chaque jour. Elle s'était éloignée de sa vie de couple et ce nouveau travail c'était le réel début d'une nouvelle vie. Elle avait changé de ville quittant Saint-Germain-en-Laye, seule, laissant celui qui avait partagé sa vie pendant quatre ans dans ce grand duplex en rez-de-jardin où ils avaient emménagé il y a peu. Elle abandonna ses meubles préférés qu'elle avait pourtant choisis avec soin, et tourna le dos à toute une partie de leur cercle social qui avait choisi son camp bien avant que tout cela ne se produise.

Elle avait fait le choix, du moins c'est ce dont elle se persuadait, de ne pas concevoir d'enfant avant trente ans. Aujourd'hui elle en avait envie mais se demandait si la nature lui laisserait cette chance, elle avait cette sensation que le temps filait à toute vitesse et que son corps ne lui appartenait plus vraiment. Elle se laissait encore un peu de temps.

Bastien et elle filait donc le parfait amour depuis ce temps-là, il parlait maison, elle parlait mariage, il parlait voyage, elle parlait enfant. Leurs projets n'étaient pas encore sur la même longueur d'onde mais tout semblait correctement s'imbriquer, petit à petit. Alex laissait le temps faire son œuvre et profitait de chaque bonheur quotidien.

C'est à Noël dernier que Bastien avait glissé sous le sapin une petite enveloppe. Il y avait juste marqué « Alex » sur le devant. Elle l'ouvrit avec soin et sortit deux papiers. Le premier était un bon personnalisé pour aller acheter un ensemble de lingerie en amoureux : « Toi et Moi, et puis la suite… ». Elle rougit devant toute la belle famille qui attendait de savoir ce que contenait ce cadeau mystérieux, elle adressa un sourire complice à Bastien avant de déplier le second papier. Sous l'image d'une tétine « Tu seras la plus merveilleuse des mamans ». Alex s'empêcha de crier, pleurer, hurler de joie. Elle regarda ses beaux-parents avec un sourire, et mentionna simplement la séance shopping puis elle alla remercier Bastien pendant que le reste de la famille poursuivait la session déballage des cadeaux.

Depuis le mois de janvier Alex et Bastien essayaient donc d'avoir un enfant. En trois ans leur union évoluait lentement mais surement, au bout d'un an elle avait lâché son appartement pour emménager avec lui à Boulogne-Billancourt, au bout de deux ans ils commençaient à regarder les petites annonces pour devenir propriétaires et là à presque trois ans de relation Bastien faisait preuve d'un engagement sans retour possible : un bébé.

C'est au mois de juillet, attendant que dame nature fasse son œuvre depuis une dizaine de jours, qu'Alex réalisa qu'enfin le miracle s'était peut être produit. Elle avait tout essayé : régime alimentaire particulier, positions sexuelles différentes et les fameuses minutes de chandelle en guise de repos, elle avait même mis Bastien sous une abstinence totale de deux semaines en espérant que ses petits héros seraient plus forts.

Entre deux rendez-vous professionnels lors de son déplacement elle s'arrêta à la pharmacie pour acheter l'un de ces fameux tests. C'est finalement avec un sachet contenant quatre tests dans la main qu'elle regagna sa voiture. Si le premier ne marche pas, il y en aura trois autres pensa-t-elle.

Impatiente, elle rentra chez elle à la hâte, jeta sa valise dans la chambre puis se précipita aux toilettes avec le fameux test sans attendre le lendemain matin.

Rien.

Déçue, elle réalisa le second test à quatre heures du matin le lendemain.

Rien.

Elle pleura enfermée dans la salle de bain, ne laissant rien paraître devant Bastien qui n'osait plus vraiment aborder le sujet tant il connaissait la sensibilité et la susceptibilité de sa douce. Elle rangea les deux derniers tests dans le fond de l'armoire à médicaments puis décida de prendre rendez-vous chez son médecin pour en avoir le cœur net.

La prise de sang parla quelques jours plus tard, lorsqu'elle prit le temps de la faire. Il était dix-huit heures trente et le laboratoire n'allait pas tarder à fermer ses portes quand Alex récupéra le sésame.

Positive. Pas d'immunisation à la toxoplasmose.

Alex s'en fichait, elle était enceinte. Elle regarda l'air béat celle qui l'avait piquée le matin même puis la salua avec un mélange de bonheur et de crainte.

Elle rentra chez elle, la boule au ventre, Bastien n'allait pas tarder et elle ne savait pas comment lui annoncer. Elle était en train de préparer l'un des plats favoris de Bastien lorsqu'elle entendit la porte d'entrée se refermer. Il était là dans le salon, tout sourire, et une bouteille de champagne à la main.

« Bonsoir mon cœur. Du champagne ? Que fête-t-on? »

Elle se demanda intérieurement comment il pouvait déjà être au courant de la nouvelle. Son air étonné ne sembla pas heurter Bastien.

« Tu as devant toi le futur directeur commercial France, je prendrai mes nouvelles fonctions au premier janvier ! »

Alex lâcha sa spatule dans la poêle, sortie de son espace cuisine et sauta au cou de son homme pour l'embrasser.

« Félicitations ! Je suis tellement fière de toi ! »

« Merci, viens on va trinquer ! »

Alex sortit deux coupes du placard tandis que Bastien faisait sauter le bouchon dans un bruit rond et festif. Elle lui tendit la première coupe qu'il remplit généreusement tandis qu'elle chargea la sienne de jus de pomme.

Alors que Bastien s'apprêtait à lui donner sa coupe :

« Tu n'en veux pas? Tu m'étonnes là ! » S'étonna-t-il avant de comprendre face au hochement d'épaules de madame et à son sourire mi-enjoué mi-crispé ce qu'il se passait. Il ne put s'empêcher de balbutier :

« Non ?... Si ?... C'est vrai ? »

Alex n'arrivait pas à sortir un mot, elle ne faisait qu'acquiescer d'un mouvement de tête. Il laissa l'émotion filtrer dans son regard et la souleva pour la faire tournoyer dans le salon. Le parquet laissait glisser ses pas, il l'enlaça dans les airs, semblant plus amoureux que jamais.

Quelques jours plus tard

Alex ne put s'empêcher de s'interroger longuement sur tous les chamboulements qui arrivaient comme par miracle dans leurs vies. C'est une légère aigreur, de bon matin, qui vint lui confirmer que non elle ne rêvait pas. Jamais jusqu'ici elle n'avait pensé un jour que ressentir l'acidité la gagner jusqu'à la gorge pourrait lui donner le sourire.

Pourtant, elle souriait. C'était une merveilleuse journée qui commençait et voir Bastien encore endormit à ses côtés, a demi-nu, lui donnait pleins d'idées pour entamer la journée de meilleure humeur. Elle était là, presque assise à côté du futur directeur commercial toujours vêtu impeccablement dans de beaux costards avec une cravate parfaitement accordée au reste. Bastien prenait même le soin de faire attention aux couleurs de ses chaussettes, il avait cette crainte qu'assis on ne puisse critiquer la couleur de celles qui apparaissaient largement à la vue de tous. Elle riait en silence en pensant qu'il lui faudra négocier sous peu un petit bout du dressing occupé largement par Bastien pour ces futurs achats de grossesse. Alex se glissa dans les draps contre lui et laissa divaguer sa main ne laissant aucun doute à son envie du moment.

Une heure plus tard alors que le réveil aurait du les interrompre bien avant, ils décidèrent de s'activer pour se rendre au travail. Alex était d'ordinaire très ponctuelle mais, ce matin-là, elle invoqua sans hésiter la panne de réveil qui la poussa à débarquer alors que la réunion hebdomadaire de l'équipe commerciale avait commencé depuis quelques minutes, un croissant à la main. Elle se demanda si Bastien avait pensé à remplir la gamelle du chat avant de partir, mais son responsable ne la laissa pas divaguer trop longtemps. Il l'interrompit dans ses songes en lui demandant son bilan de la semaine.

C'était une tradition qui revenait chaque semaine sur le devant de la scène : le manager interrogeait son équipe sur leur « humeur météo » comme il disait.

Soleil : tout va bien

Nuage : des difficultés

Pluie : rien ne va

Certains collègues se permettaient quelques nuances : brouillard, bruine, ombragé... Toutes les variantes sont possibles et se retrouvent affichées sur le paperboard à la vue de tous pendant toute la durée de la réunion.

Les plans professionnels et personnels étaient dans la balance et permettaient selon son responsable d'être au plus proche de son équipe et de se soucier de leur bien être. Alex n'avait jamais avoué les semaines de pluies battantes, elle restait toujours entre le Soleil et les nuages. Elle se refusait à considérer ses problématiques personnelles dans ces moments là, d'une ce n'était pas le lieu pour, de deux avec Bastien quelques échelons au-dessus de sa tête elle trouvait cette séquence humeur/émotion quelque peu déplacée vis-à-vis de lui. Bastien était un chef respectable et respecté, mais c'était aussi un être humain, un homme avec ses qualités et ses défauts.

Qu'auraient bien pu penser ses collègues le matin où ils s'étaient pris le bec une nouvelle fois pour un rouleau de papier toilette non remplacé, pour une poubelle non vidée ou des tâches ménagères non effectuées ? Qu'auraient-ils pensés lorsqu'elle a supposé que Bastien avait une liaison pendant ses déplacements commerciaux et que son moral était au plus bas ?

Non, décidément ce n'était ni le lieu ni les bonnes personnes pour partager ces émotions destructrices.

Le reste de la journée se déroula tranquillement, Alex acheva l'ensemble des tâches administratives qu'elle détestait tant en un temps record : être à jour sur ses compte-rendu de rendez-vous, notes de frais effectuées...

Elle avait rendez-vous avec son responsable vers dix-sept heures, il l'avait appelé sur son poste juste après la réunion du matin même. Elle se demandait ce que ce rendez-vous imprévu signifiait un vendredi soir et se dirigea vers son bureau avec un peu de crainte. C'est sur la pointe des pieds qu'elle approcha du long couloir aux portes fermées. Elle avait l'impression de revivre son entretien d'embauche et ressentait ce même trac à chaque fois qu'elle était convoquée ici : entretiens individuels de fin d'année, annonce des augmentations, point sur les objectifs commerciaux... Mais ce soir là, Alex savait qu'aucun de ces points ne seraient abordés, elle détestait ne pas savoir ce pourquoi elle était attendue.

Alex marqua un arrêt devant la porte, pris une longue inspiration avant de toquer, elle espéra que ce n'était pas son retard du matin même qui justifiait cette convocation bien qu'elle n'y croyait pas elle-même. Elle était intimement convaincue que même si elle ne demandait aucun traitement de faveur, la position de Bastien la protégeait un peu et que ses responsables prenaient des gants lorsqu'il fallait faire le point de peur de mettre à mal leur propre carrière. Elle pensait souvent à l'image que Bastien pouvait renvoyer et réalisa que personne ne le connaissait vraiment comme il était : sincère et juste.

« Entrez ! »

La voix grave d'Olivier passa la porte sans problème. Alex saisit la poignée, poussa la porte, entra telle une souris qui découvre le monde en dehors de sa cachette, pris soin de la refermer et alla s'assoir face à lui. La moquette masquait le bruit des talons, ce qui donnait à Alex un air encore plus discret.

« Alexandra, assieds toi, il faut qu'on fasse le point. Merci de m'accorder quelques instants juste avant le week-end, je ne te retiens pas longtemps. »

« Pas de souci. »

« Je vous avais parlé il y a quelques mois, bientôt un an, en réunion, du partenariat que notre société engageait avec la start-up « Secretlife » basée en région parisienne. »

« Je me souviens vaguement oui. Tu recherchais des volontaires pour participer à une étude. »

« C'est exact. Finalement, manquant de participants la haute direction avait fini par soumettre une liste avec l'ensemble des salariés toutes catégories confondues. »

« O.K... qu'est ce que je viens faire là-dedans ? »

« Tu fais partie des personnes sélectionnées. »

Alex n'en revenait pas, elle n'avait pas franchement envie de se lancer dans un projet annexe en ce moment.

« Ca tombe plutôt mal, je n'ai pas beaucoup de temps en ce moment. Je suppose que c'est obligatoire ? »

« Je crains que tu n'aies pas le choix effectivement. »

« Merci pour la bonne nouvelle, que dois-je faire ? » demanda-t-elle l'air quelque peu déconfit.

« Tu te présenteras lundi matin à cette adresse. »

Alex regarda le papier que lui tendait Olivier, une adresse dans le XVIème arrondissement. Elle connaissait assez peu les rues mais il lui semblait que celle-ci se situait non loin de la maison de la radio.

Olivier finit par conclure :

« Pour tes collègues, pour l'équipe au complet, tu seras en formation cette semaine sur l'amélioration des techniques de vente. Est-ce clair ? »

« Oui, c'est clair. »

« Pour Bastien également tu seras en formation la semaine prochaine. Une fois sortie de ce bureau tu seras également en formation pour moi. »

« Pourquoi ? »

« Tu le sauras assez tôt, mais je te demande de suivre cette règle. »

Alex regarda à nouveau la convocation qu'elle tenait dans les mains, elle n'aimait pas mentir, elle avait surtout l'impression qu'elle ne savait pas mentir sans rougir, sans bafouillée, bref sans être repérée.

« Je ne te retiens pas plus longtemps, il est grand temps de commencer le week-end. Je te souhaite une excellente formation. »

« Merci...bon week-end »

Alex tourna les talons et se dirigea de son pas feutré vers la porte. Elle jeta un regard à Olivier avant de franchir le seuil de la porte. Lorsqu'elle referma soigneusement celle-ci, elle ne put s'empêcher de prendre une grande inspiration en pensant au spectacle qu'elle devrait donner devant tout le monde quelques minutes plus tard.

En chemin pour rejoindre son bureau elle prit soin de déplacer les rendez-vous qu'elle avait planifié pour la semaine suivante. Elle fut agréablement surprise par l'accueil de ses différents clients qui ne manifestèrent aucune contrariété d'être prévenus si tardivement.

Elle salua l'ensemble de ses collègues puis se dirigea vers la sortie pour retrouver Bastien qui l'attendait.

« Alex ! Alex !»

« Oh Virginie, bon week-end ! Désolée j'ai failli t'oublier » s'excusa-t-elle en l'apercevant au rez-de-chaussée. Elle lui adressa un petit signe de la main.

« Pas de problème, je n'étais pas à mon poste. A mardi pour notre déjeuner sur ton secteur! »

Alex se rapprocha de sa collègue à la hâte.

« Désolée j'ai complètement oublié que j'étais en formation la semaine prochaine... on peut décaler d'une semaine ? »

Virginie scruta son agenda.

« O.K. ! Je n'ai pas encore pris mes rendez-vous, on se rappelle si c'est bon pour toi ? »

« C'est parfait ! Merci, et désolée encore, je suis un peu tête en l'air ! » Alexandra l'embrassa rapidement et fila à toute vitesse de là.

Lorsqu'Alex retrouva Bastien, celui-ci s'étonna de la voir sortir plus tard que lui, pour une fois les rôles s'inversaient. Habituellement ils viennent et repartent séparément mais le vendredi Bastien fait un effort pour profiter d'une soirée entière avec sa moitié.

« Bonsoir chérie, comment s'est passée ta journée ? Tu finis tard ce soir, d'habitude tu fais les cent pas dans le hall en m'attendant ! »

Alex l'embrassa tendrement.

« C'est vrai, mais là, j'ai du faire un point sur un client avec Olivier et comme je suis en formation la semaine prochaine, il fallait que je boucle quelques offres de prix. Même si je serai sur Paris, je ne pourrai pas repasser au bureau de la semaine je pense. »

« En formation de quoi ? »

« D'approfondissement des techniques de vente. »

« Ca ne me dit rien du tout. Tu m'en avais parlé ? »

« Ca fait plaisir d'être écoutée dans cette maison ! » lança-t-elle l'air faussement bougonne en lui piquant la taille.

Il passa son bras autour de ses épaules et l'embrassa sur la tête. Alex ne put s'empêcher de penser que cette phase était plus facile que prévue, elle se blottit contre lui.

Eux et le reste du monde

Ce week-end là, Alex et Bastien décidèrent qu'ils ne verraient personne. Pas de fête entre amis, pas de ciné, pas de terrasse de café, non il était hors de question qu'ils voient quelqu'un de leur entourage, ils voulaient profiter d'eux avant un énième déplacement de l'autre côté de l'Atlantique pour Bastien. Il incita Alex à le suivre dans cette démarche en rabattant soigneusement la couette sur eux dès leur premier réveil du week-end.

Le monde était donc tenu à l'écart, et Pistouille, leur chat, patientait allongé sur la barre de seuil de la chambre. Alex ne put s'empêcher d'interrompre Bastien quelques instants dans sa démarche bestiale en osant sortir la tête de leur cabane d'amour pour prendre le peu d'air frais que l'été lui proposait. Bastien ne semblait pas comprendre ce qu'Alex vivait, il prit la mesure du changement dans leur vie quand elle se précipita brusquement hors du lit, à moitié nue tant sa nuisette était en vrac, pour rejoindre les toilettes. Pistouille qui s'était lâchement sauvé devant tant d'empressement était revenu voir Bastien avec un air fier qui lui semblait un poil moqueur. Bastien retomba sur son oreiller en riant discrètement, le sourire aux lèvres.

Alex revint, un brossage de dents plus tard, la nuisette remise en place, pour s'étendre à côté de Bastien. Il lui caressa les cheveux, ne sachant trop que dire. Ce fut elle qui lui suggéra de reprendre là où ils s'étaient arrêtés quelques instants plus tôt, elle s'agenouilla dans le lit face à lui, se déshabilla complètement et ramena la couette sur elle.

« Maintenant on se coupe du monde. »

Bastien la retourna sur le dos et l'embrassa sans lui laisser le temps d'ajouter quoique se soit. Alex en profita pour terminer de déshabiller son homme, tandis qu'il laissait ses lèvres dériver de sa bouche à ses seins rebondis. Il sentait sa peau où un reste de parfum de la veille persistait, et trouvait qu'elle était délicieuse, parfaitement à son goût. Pistouille évita de justesse le boxer de son maître qui vola à travers la pièce, puis finit par regagner le salon pour terminer sa nuit. La lumière du jour s'était manifestée depuis longtemps déjà à travers les persiennes, ce qui ne déplaisait pas à Bastien qui pouvait contempler sa moitié d'un naturel plutôt réservé et pudique en toute discrétion. Alex, encouragée par Bastien se positionna sur le ventre, il lui massa le dos avec soin puis descendit petit à petit jusqu'à sa chute de reins. Il ne pouvait s'empêcher d'admirer les courbes féminines qui se dessinaient sous ses doigts. Gagné par l'envie et l'excitation il poursuivit ses effleurements jusqu'à atteindre ses fesses, ses cuisses, qu'il écarta, contrôlant parfaitement la situation. Il laissa ses mains parcourir le corps d'Alex qui s'était abandonnée à lui dans cette transparence lumineuse où le jeu d'ombres sur le mur reflétait leurs émotions. Docile, elle se laissa faire ce matin là, contrairement à ses habitudes, elle semblait même enfouir sa tête dans l'oreiller par moment comme pour étouffer sa propre respiration. Il ne tarda donc pas à venir en elle, pour savourer ce réveil délicieux, encouragé par le cadencement de leurs respirations qui ne passaient plus inaperçues.

Leurs réveils marquaient déjà le milieu de la matinée lorsqu'ils décidèrent de se lever pour s'engouffrer à toute vitesse dans la salle de bain et prendre une bonne douche fraîche. Une fois prêts, Bastien fit mine de devoir boucler un dossier pendant une heure pour s'isoler à son bureau tandis qu'Alexandra s'adonnait à quelques tâches ménagères.

Il sorti la tête de son ordinateur au bout d'une heure et demi. Lorsqu'il passa la porte pour rejoindre Alex en cuisine, il regarda l'heure sur le four. L'heure de l'apéro songeait-il sans vouloir tenter madame en lui proposant un verre de vin. Il se servit donc un verre de St-Emilion puis proposa à Alex de lui servir un verre de jus de pomme pour trinquer ensemble.

« Bon, maintenant je prends le relais. Toi tu vas dans la chambre préparer ton sac, nous partons après le déjeuner et ne me pose pas de question. »

Alexandra surprise, fronça les sourcils et resta l'air un peu bête avec sa spatule en bois à la main. Il la lui ôta des mains puis pris sa place devant la poêle où cuisait tranquillement le repas du midi : poêlée de légumes méditerranéens et œufs au plat.

La fenêtre était grande ouverte et Pistouille se prélassait sous les rayons du Soleil. Bastien observait la vie des gens qui défilaient sous ses yeux en caressant son chat.

« Tu seras bien sage et gardera la maison. On rentrera demain. »

Bastien ne pouvait s'empêcher de parler à son compagnon de longue date, Pistouille avec son allure de chat de gouttière avait quelque chose d'attachant. C'était un membre de la famille. Point.

Alex revint un quart d'heure plus tard.

« Petit cachotier. » glissa-t-elle en l'enlaçant dans son dos.

Elle mit la table tranquillement en observant Bastien du coin de l'œil. Elle le trouvait de plus en plus beau mais elle ne savait pas à quel critère attribuer cette constatation : son assurance qui ne cessait de grandir, son charisme légendaire, sa peau déjà bien bronzée avant même d'être parti en vacances... Elle le trouvait beau en toute circonstance. Elle caressa son ventre en disposant les couverts, elle se sentait légère et heureuse.

Le déjeuner fut rapidement expédié, Bastien était impatient d'emmener Alex vers sa surprise et Alex ne tenait plus en place telle une petite fille devant ses cadeaux de Noël. Il précipita Alex en dehors de l'appartement, laissant la vaisselle dans l'évier, puis chargea sa voiture. Bastien roulait en Peugeot 3008, il tenait à rouler avec une marque française persuadé que cela pouvait jouer sur l'image qu'il renvoyait.

« Vas-tu enfin me dire où nous allons ? »

« Non. »

Alex se laissa donc conduire tout en se plongeant dans son smartphone. Une part d'elle ne pouvait s'empêcher de penser que ce week-end mystérieux improvisé était dans le ton de la semaine qui allait suivre.

Alors que la voiture venait à peine de s'engouffrer sur l'autoroute, elle supplia son chauffeur du jour de marquer un arrêt sentant ses nausées se manifester à nouveau. Bastien s'exécuta, il profita qu'Alex prenne l'air pour se plonger quelques instants lui aussi dans son téléphone : mails professionnels et personnels pleuvaient depuis la veille comme si le temps ne s'arrêtait jamais.

Ils repartirent quelques minutes plus tard.

Bastien filait vers les côtes normandes tandis qu'Alex dormait paisiblement sur le siège passager. Il avait réservé une belle chambre dans un hôtel en bord de mer à Deauville. Il avait déjà organisé le dîner du soir face à la mer, prévu une soirée au casino, et quelques pétales de fleurs dans la chambre.

Elle ne rouvrit les yeux qu'au moment où le ronronnement du moteur s'arrêta et découvrit la mer. Bastien aurait donné n'importe quoi pour figer ce moment où il avait mit des paillettes dans les yeux d'Alex. Elle le regarda avec un sourire non dissimulé.

« Merci pour cette belle surprise ! »

Elle l'embrassa et ouvrit la portière alors qu'il allait lui répondre. Il descendit à son tour et la rejoignit quelques mètres plus loin pour admirer le paysage.

« C'est une bonne idée cette escapade. Tu devrais faire attention, on s'habitue vite à ce genre d'initiatives» chuchota-t-elle en riant.

« Je t'aime. »

Ils allèrent à l'hôtel puis prirent le temps de vivre loin de leur quotidien à toute vitesse, du stress et de la foule. Leur soirée fut romantique à souhait, leur nuit tendre et câline. Ils profitèrent du spa de l'hôtel le lendemain matin avant de se rendre au brunch et de plier bagages.

Une parenthèse hors du temps se fermait.

Sur la route du retour Alex ne dormit pas, elle repensait à ce week-end, elle regardait Bastien et ne pouvait s'empêcher de ressasser son bonheur. Pistouille les accueillit rapidement et sans trop de rancune, il n'y avait aucune bêtise à déplorer. La soirée se déroula simplement devant la télévision, puis ils commencèrent leur nuit affalés sur le canapé tous les trois.

La formation : première journée

Alexandra se présenta avec une demi-heure d'avance sur le lieu du rendez-vous, la convocation mentionnait huit heures trente mais elle avait cette fichue manie d'avoir toujours peur d'être en retard. La ligne dix du métro l'avait déposée à quelques pâtés de maisons du lieu de rendez-vous, elle en profita pour marcher un peu sous le Soleil parisien plutôt que de saisir le bus qui marquait un arrêt à quelques mètres. Elle attendit quelques minutes nerveusement à l'extérieur de l'immeuble avant de s'engouffrer sous le porche et de chercher sur l'interphone le nom de cette société mystérieuse.

Elle regarda sa convocation ne trouvant pas ce qu'elle cherchait. Il était pourtant bien précisé de sonner à « cabinet », détail qu'elle n'avait pas relevé. Elle se présenta puis gravit les quelques marches qui permettaient d'accéder à ces bureaux cachés dans un bel immeuble ancien.

« Bonjour Alexandra, bienvenue. »

La porte d'entrée s'était ouverte sur un grand hall d'entrée qui semblait désert.

« Bonjour.»

Sa timidité légendaire reprenait le dessus, chose qui ne manqua pas d'échapper à son interlocuteur.

« Je m'appelle Simon, c'est avec moi que vous avez rendez-vous. »

« Enchantée. »

Il l'invita à déposer sa petite veste en jean sur le portant disponible. Elle préféra garder son sac près d'elle mais ne refusa pas le verre de jus d'orange avant de le suivre dans ce qui aurait pu s'apparenter à un vaste salon-séjour où trônait une grande en verre impeccablement nettoyée.

« Installez-vous où vous le souhaitez. »

Elle regarda le décor qui lui semblait à la fois ancien mais terriblement faux, le vieux parquet était bien entretenu et craquait à peine sous ses pieds, la table était bien trop moderne pour le lieu. Les grands miroirs ornés de dorure qui étaient disposés un peu partout donnaient une autre dimension à cette pièce dans laquelle elle se sentait mal à l'aise. Ce qui l'a frappa le plus c'est cet éclairage intense alors qu'il faisait si beau dehors, les volets étaient fermés et la lumière artificielle donnait un air livide à son hôte.

Alex ne savait quelle chaise choisir parmi toutes celles qui s'offraient à elles. Elle eut l'impression d'être testée sur cette simple invitation à s'asseoir et trouvait l'ambiance déplaisante. Elle fit le tour et s'installa face à son interlocuteur, il prit place puis lui tendit une feuille de présence à signer.

« Nous vous remercions tout d'abord d'avoir fait le déplacement. Nous avons une semaine chargée devant nous c'est pourquoi nous n'allons pas tarder à commencer. J'imagine que vous vous posez beaucoup de questions, chose que nous comprenons. Nous ne pourrons sans doute pas répondre à toutes dès à présent, en revanche nous les écouterons et ferons notre maximum pour vous apporter quelques éclaircissements. »

Il but une gorgée d'eau fraîche avant de poursuivre devant l'air suspicieux d'Alexandra qui avait déjà envie de poser des questions.

« Vous êtes dans les annexes de nos bureaux officiels. Nous travaillons à distance pour être plus efficaces et plus discrets. Secretlife est une société qui enquête sur les personnes : vous, moi, votre voisin, collègue ou encore ami. »

Alexandra sorti un bloc note et un stylo de sa mallette.

« Nous vous demanderons de ne rien noter, de rester également discrète. Nous allons vous remettre un fascicule qui correspondrait à la formation officieuse que vous deviez suivre cette semaine afin de pouvoir donner le change. »

Elle rangea l'ensemble de ses affaires, et termina son jus de fruit comme pour se donner un peu de contenance ne sachant trop que faire de ses mains. Elle ne quitta pas son interlocuteur des yeux. Il était brun, petit, quelque peu chétif, les yeux vifs et effilés et semblait être quelqu'un de relativement nerveux.

« En vous remettant votre convocation, on a du vous dire que le hasard vous avait sélectionné. Sachez que c'est faux. Vous avez été sélectionnée car votre profil nous paraissait intéressant. »

« Comment ça intéressant ? »

« Votre travail, votre poste, votre vie, vous correspondiez à ce qui était recherché. »

« Vous êtes en train de me dire que j'ai été suivie et épiée dans ma vie personnelle ? »

« Oui. Laissez-moi continuer vous allez comprendre. »

Alexandra posa sa tête dans ses mains et regarda ses jambes à travers la table. Elle ne savait pas s'il fallait rire, pleurer ou crier face à de tels aveux. Elle qui aimait préserver sa vie privée, qui se confiait à peine à ses amies les plus proches, était en train d'apprendre qu'un parfait inconnu c'était pris pour un enquêteur privé et avait révélé des informations à on-ne-sait-qui.

« Il y a aujourd'hui un fort partenariat entre votre société et la nôtre. Votre entreprise a investi beaucoup d'argent et souhaite en gagner en contrepartie. Avec la crainte que les populations développent autour des laboratoires, des médicaments, et autres traitements votre président a eu envie de diversifier légèrement son activité. Il est convaincu, et nous le sommes aussi, qu'un malade qui connaît son entourage, sa vie, est un malade en voie de guérison. »

Elle regarda Simon les yeux grands ouverts cette fois mais ne parvint pas à capter son regard.

« En quoi cela me concerne-t-il ? Je ne suis pas malade ! »

Sa voix oscillait, son teint se fit plus pâle. Alexandra ne comprenait définitivement pas ce qu'elle faisait là.

« C'est exact, nous le savons. Un peu de patience vous allez comprendre. Donc, je disais qu'il y avait un fort partenariat et aujourd'hui dans ce cadre-là nous avons besoin de vous. Pour cette semaine cet appartement est le vôtre. Vous y trouverez tout le nécessaire pour y vivre : vêtements, affaires de toilette, nourriture, télévision. La seule contrainte que nous vous imposons est de ne pas communiquer avec l'extérieur. »

« Non, non, non, attendez ce n'est pas possible. J'ai une vie moi. J'ai prévu de retrouver mon conjoint ce soir à la maison. »

« Votre conjoint est en déplacement à l'étranger cette semaine. »

C'était vrai. Tout était vrai. Il devait être dix heures du matin à présent, Alexandra n'avait toujours croisé personne dans ce logement mais Pistouille fit son apparition brusquement et sauta sur la table en verre.

« Pistouille ! Que fait-il ici ? Comment l'avez-vous ramené ? »

« Etes-vous sûre de vouloir le savoir dès à présent ? »

« Oui ! Vous vous infiltrez dans ma vie, vous ramenez mon chat, mais qui êtes-vous ? »

« Moi, je suis Simon. Pour le moment, sachez que Pistouille aura sa gamelle et ses croquettes à disposition pendant toute cette semaine. Il n'y a ni connexion internet, ni réseau dans cet appartement. Nous vous demandons de ne pas sortir du logement, il y a une surveillance à chaque fenêtre. Comprenez bien que ce n'est pas contre vous, nous avons besoin de vous. »

Alexandra ne comprenait définitivement rien.

« Je vous propose de faire une pause : toilette, café, viennoiseries, vous avez une vingtaine de minutes avant que nous reprenions si vous le voulez bien. »

« Comme si ça changeait quelque chose que je le veuille ou non. »

Alexandra se dirigea vers les toilettes, excédée et prise d'une nausée. Tout était spacieux ici, y compris cette pièce carrelée du sol au plafond qui brillait sous l'éclairage. Le lave-main, avec un air ancien, était impeccable, on aurait dit qu'il venait d'être installé, l'odeur de silicone en moins. Elle profita de son passage dans cette pièce où l'intimité était préservée pour sortir son téléphone de sa poche. Simon n'avait pas menti, elle n'avait pas de réseau et elle savait pertinemment que Bastien ne tenterait pas de la joindre cette semaine. Elle sortit quelques instants plus tard, se servit à boire en ouvrant une canette de soda neuve et évita de grignoter quoique se soit tant qu'elle n'était pas certaine qu'on n'essaierait pas de lui faire ingérer quelque chose à son insu.

Résignée, elle revint s'installer à sa chaise après seulement quelques minutes de pause. Simon n'avait pas bougé, elle lui trouvait un air de plus en plus angoissant. Elle prit Pistouille sur ses genoux et le câlina affectueusement espérant que la ronron-thérapie aurait un effet bénéfique sur le niveau de stress qu'elle sentait monter en elle de manière exponentielle. Vingt minutes plus tard, telle une pendule, Simon reprit :

« Etes-vous prête à reprendre ? »

Alex ne répondit pas.

« Nous souhaiterions votre coopération mademoiselle. Certes nous pouvons comprendre que tout ceci est déstabilisant mais ne compliquez pas la situation. Poursuivons donc. Vous êtes au courant que Monsieur Bastien Moirant va être nommé d'ici quelques temps de manière officielle directeur France ? - Devant le peu de réaction de sa recrue, il enchaina rapidement. - Ne faites pas mine de ne pas être au courant, nous savons tous qu'il vous a informé de cette évolution de carrière. Que pouvez-vous nous dire de Monsieur Moirant ? »

Excédée elle répondit du tac au tac :

« Que souhaitez-vous savoir ? Bastien est un homme merveilleux : dans le domaine professionnel, il est soucieux des performances de l'entreprise tout en prenant soin de ses collaborateurs, c'est une personne respectée et qui respecte les autres. Mais tout ceci vous devez déjà le savoir, non ? »

« Et dans un registre plus personnel ? »

« Cela ne vous regarde pas. Notre relation est toujours restée du domaine du privé, et je souhaite que cela perdure. »

« Vous avez signé en arrivant un document où vous certifiez coopérer pleinement avec nous, nous attendons donc votre entière collaboration. »

« Vous dites « nous » à tout bout de champs, mais qui se cache derrière toute cette mascarade ? »

« Notre équipe, nous formons une équipe, vous la rencontrerez cette semaine. Répondez s'il vous plait à présent. »

« Bastien est un homme aimant et attentionné, il prend le temps malgré un travail prenant de s'accorder des moments en famille et de déconnecter un peu malgré les soucis et le stress qu'il peut parfois ressentir pendant les vacances et les week-end. »

« Bien, bien. »

Simon, lui prenait des notes tandis qu'il continuait à l'interroger sur la personnalité de Bastien. Alexandra avait l'impression d'être déjà folle après seulement quelques heures ici, elle se demandait où cette mauvaise plaisanterie prendrait fin. Elle ne flanchait pas et répondait en donnant les qualités, les défauts, et présentait Bastien tel qu'elle le voyait : un homme bon et aimant avec le goût de la réussite ancré en lui.

« Quand votre relation a-t-elle commencée ? Quand diriez-vous qu'elle est devenue sérieuse ? Quels sont vos projets ? »

« C'est très personnel comme question. Notre relation a commencé peu après mon arrivée dans la société, il y a trois ans environ. Cette relation était tout de suite sérieuse à mon sens même si nous avons attendu quasiment un an avant d'emménager officiellement ensemble. »

« Quels sont vos projets ? »

« J'imagine que vous le savez déjà ! » ironisa Alex.

« Au-delà de votre grossesse, j'entendais. »

Alex était sidérée, ils n'en n'avaient parlé à personne, pas même à leur famille. Elle lâcha écoeurée :

« Nous regardons pour acheter un logement. »

« Merci pour votre sincérité. Vous voyez que tout se passe bien quand vous répondez simplement à nos questions. Vous avez validé la première partie de ce stage en restant fidèle à votre honnêteté légendaire. Votre repas pour ce midi vous attend dans le petit salon à côté, vous avez une heure de pause. »

Il était déjà midi. Alex s'étendit contre le dossier de sa chaise puis se décida à gagner le canapé qui jouxtait le mur derrière elle. Elle découvrit de plus près l'espace salon : parquet, miroir, biblots, tout semblait encore une fois perdu entre l'ancien et le neuf. Seule la télévision à écran plat démesurément grande sentait la modernité à plein nez.

Elle s'installa au bord du canapé comme pour signifier le fait qu'elle ne se sentait pas chez elle, puis elle posa son regard sur le plateau disposé sur la table basse en bois massif. Elle découvrit une part de pizza qui venait de la pizzeria juste en bas de chez elle d'après la serviette en papier, elle prit soin de relever sans pourtant penser à voix haute qu'ils avaient fait attention à n'employer que des ingrédients auxquels elle avait le droit : sauce tomate, jambon, fromage pasteurisé. A côté, une assiette de légumes cuits avec un œuf dur, une banane et une bouteille d'eau minérale. Elle mangea bêtement devant un jeu télévisé, persuadée qu'il lui fallait se vider le cerveau. Une fois que le plateau fut complètement englouti elle se laissa tomber dans le fond du canapé, Pistouille à ses côtés, et continua de fixer l'écran se sentant bête et disciplinée, se demandant toujours ce qu'elle faisait là. Intriguée et curieuse de cet environnement, elle se persuada qu'elle allait avoir la réponse l'après-midi même.

Simon la tira de ses songes quelques minutes plus tard.

« Reprenons si vous le voulez bien. Laissez votre plateau ici, quelqu'un s'en chargera. »

Alexandra s'exécuta, peu habituée à être servie de la sorte, tout en se demandant qui donc pourrait bien venir s'occuper de son plateau alors que personne ne venait dans la pièce. Elle alla se laver les mains, et revint s'installer autour de la longue table. Rien n'avait bougé depuis tout à l'heure. Le cahier de Simon semblait ouvert à la même page et il agitait son stylo frénétiquement.

« Faisons le point sur quelques détails. »

Simon réaligna son verre d'eau, son bloc, ses stylos.

« Maniaque le jeune homme » pensa-tout haut Alexandra.

Simon ne releva pas et poursuivit :

« Je vais vous montrer un texte, vous allez me dire si vous avez déjà vu cet écrit et ce que vous en pensez s'il vous plait. »

Simon avait lâché cette phrase comme une bombe. Son visage était sérieux, ses traits s'étaient durcis. Alexandra se sentait investie d'une mission de la plus haute importance sous ce regard froid et sévère. Elle attrapa la feuille que Simon lui glissa sur la table.

La feuille était encore tiède, elle venait de sortir de l'imprimante sans doute. Elle prit une inspiration avant de se lancer dans la lecture. Simon la regardait attentivement, il attendrait sa réaction dans le plus grand silence.

Mon amour,

Que vais-je devenir sans toi,
Je suis tout simplement perdu,
Pendu à tes lèvres sur moi,
Je deviens fou, je suis à nu.

Chaque jour, chaque nuit,
Je reste là à penser,
A ton cœur qui s'enfuit,
A mon âme déboussolée.

Tu as emporté la folie,
De ces moments enjoués
Dans ton cœur ma vie,
Je te suis dévoué.

Comme un enfant qui pleure,
Je te réclame sans cesse,
Je l'avoue j'ai peur,
D'oublier tes caresses.

A tout jamais tiens,
A la vie, à la mort,
Je t'en supplie reviens,
Mon corps s'endort.

« Je n'ai jamais vu cet écrit. »

« Bien. Qu'en pensez-vous ? » lui demanda-t-il quelque peu empressé.

« Pas grand-chose. J'aurais aimé qu'on m'écrive une telle lettre. J'imagine que cet homme est très amoureux. »

Il la laissa s'exprimer et l'encouragea à développer ses idées. Elle se détendit un peu pensant à une sorte d'analyse psychologique pour réaliser une étude sur le profil des salariés dans une situation de stress. Ils discutèrent ainsi pendant de longues minutes qu'Alex ne vit pas passer.

« J'ai une autre lettre à vous montrer. Tenez, faites-moi part de vos commentaires directement car je pense que vous ne l'avez jamais vu. »

Il lui tendit la feuille avec un sourire en coin peu dissimulé et une étincelle dans le regard qui n'échappa pas à Alex. Elle s'empara du papier brusquement avant de prendre la peine d'y jeter un œil. Au fur et à mesure que le texte se dévoilait à elle, elle fut prise d'un vent de panique qui la glaça sur place.

« Il y a un problème ? » se manifesta Simon.

Alex releva les yeux et le fixa froidement, elle ravala sa salive, serra les dents puis le foudroya de son regard sombre.

« Vous devez le savoir. Cette lettre m'appartient ! »

Simon riait, il riait de tout son long sur le dossier de sa chaise tandis qu'Alex s'était levée et faisait les cent pas en tenant le papier fermement dans ses mains. Il l'invita à se rassoir et à se calmer la menaçant d'arrêter là cet entretien pour aujourd'hui.

Curieuse de nature, et surtout détestant fortement être dans l'incompréhension totale, Alex s'exécuta ne lâchant pas la lettre.

« Je ne suis pas étonné de votre réaction, c'est vrai. Cette lettre, contrairement à ce que vous pensez n'est pas la vôtre. »

« Bien sûr que si, c'est la lettre que Bastien m'a écrite lorsqu'il m'a demandé de venir vivre avec lui. Mais ça vous devez le savoir ! »

« C'est vrai, nous le savons. »

« Oh et puis arrêtez avec ce nous. Vous jouez avec mes nerfs, vous êtes en train de jouer avec ma vie. Je ne suis pas votre pantin. »

« Non, vous ne l'êtes pas. Vous êtes le siens. Nous allons nous arrêter là pour aujourd'hui. Gardez les documents et réfléchissez à tout ça. Demain est un autre jour. »

« Attendez ! »

Simon s'était déjà levé et avait tourné les talons. Alexandra ne put s'empêcher de lui courir après et de le retenir par le bras. Il la regarda avec cet air condescendant qui le rendait détestable. Elle le lâcha s'excusant.

« Vous ne pouvez pas me laisser comme ça. Que se passe-t-il ? Quel est le rapport entre ma venue et cette lettre ? Ce poème ? Pourquoi parlez-vous de pantin ? »

« Réfléchissez. Pour le moment je n'ai rien de plus à vous dire. »

Simon sorti précipitamment en claquant la porte. Il donna deux tours de clefs tandis qu'Alex se sentant impuissante se laissa tomber par terre adossée au mur de l'entrée.

Elle se releva, décidant de ne pas vivre dans le noir, elle attrapa son téléphone qui affichait dix-sept heures. Elle imaginait les rayons du Soleil sur sa peau et décida si elle ne pouvait pas sortir d'ouvrir au moins les volets. Elle retourna dans le petit salon, constata que son déjeuner avait été débarrassé, longea la table basse pour atteindre la fenêtre. A peine effleura-t-elle le loquet de cette ancienne fenêtre qu'une alarme stridente retentie réveillant Pistouille en sursaut sur le canapé. Elle se résigna à voir la lumière du jour et alluma la télévision se remémorant les dernières paroles de Simon afin d'y trouver un sens caché.

« Je n'ai rien de plus à vous dire. » Elle se répéta cette phrase, réalisant que Simon avait fini d'abattre ses cartes, sinon il aurait parlé au nom du groupe. Alex alla récupérer le poème et la lettre laissée dans la salle de séjour, elle s'installa sur le canapé et chercha les messages qui pouvaient être cachés dans ces écrits. Elle relisait les lettre plus ou moins en silence cherchant le sens caché de chaque mot, chaque phrase, chaque rime, mais rien ne lui venait à l'esprit. Elle repensa également à la phrase sur le pantin, elle secouait la tête négativement de gauche à droite, excédée. Être le pantin de Bastien, quelle idée, se répéta-t-elle en regardant Pistouille.

Elle alla dans le réfrigérateur voir ce qu'elle pouvait manger. Il y avait des courses pour un régiment, elle eut peur d'être forcée de rester là plus longtemps que prévu : plats préparés, yaourts, compotes, fromage, viande, poisson. Dans le placard de droite se trouvaient les féculents et légumineuses, dans celui de gauche la vaisselle.

Elle poursuivit sa visite du logement, se résignant à devoir y vivre quelques jours. La chambre derrière la cuisine était spacieuse : lit, placard et coiffeuse occupaient la pièce telle une maison de poupée. La dernière porte la conduisit dans une salle de bain où se trouvaient une douche à l'italienne et une baignoire à sabots qui trônait au beau milieu. Le lavabo était posé sur du marbre rose, et il y avait de nombreux miroirs une fois encore. Elle ouvrit le placard de la chambre et découvrit des tenues toutes à sa taille : jean, jogging, robe, robe de soirée, ... il y en avait pour tous les goûts. En d'autres temps elle aurait fait une soirée essayages et conviée une amie à participer mais là, elle restait bloquée sur les propos de Simon.

Elle mit une casserole d'eau à chauffer puis retourna lire la lettre que Bastien lui avait adressée quelques années plus tôt.

Mon amour,

Je ne suis pas toujours à la hauteur de ton amour, de ces sentiments que tu me portes et que j'élève au plus haut de mon cœur. Je suis parfois maladroit, parfois aimant, parfois tendre, parfois cruel. Je ne suis pas toujours le reflet que je voudrais.

Tu brilles dans mon cœur un peu plus chaque jour, malgré nos engueulades et nos prises de tête, malgré nos débuts parfois difficiles, tu es la femme que j'ai envie d'avoir chaque jour au réveil, chaque soir au moment de m'endormir paisiblement.

Tu trouveras dans le fond de cette grande enveloppe une clef, celle de mon appartement. Je ne veux plus que tu ais à frapper à la porte, à sonner à l'interphone, je veux que tu puisses aller et venir à ta convenance.

Si le cœur t'en dit, tu peux venir avec tes affaires, promis je leur ferai une place pour que tu te sentes ici chez toi pleinement.

Je t'aime.

B.

Elle avala rapidement l'assiette de pâtes agrémentée de crème fraîche et fromage râpé puis n'en pouvant plus de tous ces mystères, alla prendre une douche et s'installer confortablement sur le lit. Il faisait bon dans l'appartement, sans doute l'effet des volets fermés, pour une fois pour un mois de juillet en plein Paris la chaleur n'était pas aussi étouffante et pourtant Alex rêvait d'air frais. Elle resta étendue dans un peignoir, et finit par s'endormir.

Pistouille s'installa tout contre elle pour la nuit.

Mardi, deuxième jour

Alex se réveilla vers cinq heures du matin sans aucun réveil programmé. Elle avait chaud dans son peignoir blanc. Elle se demanda l'espace de quelques instants où elle se trouvait avant de réaliser que la journée vécue la veille n'était pas un rêve. Elle se dirigea les yeux encore endormis vers la cuisine et alluma la machine à café. Elle essaya cinq ou six tenues avant de se décider mais constata que l'ensemble du linge sentait bon la lessive. Elle opta pour une robe légère et des sandales à talons, l'ensemble parfait pour la saison. Elle craqua sur des biscuits chocolatés et une pomme après avoir ouvert tous les placards.

Elle se posa sur le canapé avec l'envie de s'effondrer, impuissante et démoralisée par cette situation qui la dépassait. Elle retraça mentalement son histoire avec Bastien, plongeant son regard dans son café bien noir. Elle pensait à ce petit être qui devait grandir et devenir fort et se persuada qu'elle devait rester forte pour lui.

Assise face aux deux lettres qu'on lui avait remises la veille elle tenta une énième fois de trouver l'indice qui pouvait s'y cacher. La seule similitude qu'elle y voyait était le « mon amour » d'introduction. Cette phrase était tellement banale, et à la fois tellement portée de sentiments qu'elle ne savait pas s'il fallait y voir un signe. Elle terminait de se maquiller dans la salle de bain lorsqu'elle entendit qu'on sonnait à la porte. A peine eut-elle le temps de refermer son parfum que déjà le bruit de talons aiguilles frappaient le parquet. Alex accéléra le pas jusqu'à la grande salle se répétant à voix basse que ce n'était sans doute pas Simon.

« Bonjour madame. »

Alex dévisageait une dame effilée aux cheveux bruns noués en chignon, elle portait un tailleur noir qui laissait dépasser un col de chemise fushia, elle ne put s'empêcher de s'attarder sur les talons qui devaient au moins faire huit centimètres à première vue. Ses chaussures étaient magnifiques pensa-t-elle.

« Bonjour Alexandra, je suis Valérie votre interlocutrice du jour. »

« Où est passé Simon ? »

« Simon ? Qui est Simon ? »

Alex soupira avant de se refermer comme une huître. Elle ne répondit pas, et alla chercher les documents de la veille qu'elle glissa dans sa sacoche puis s'installa face à Valérie, à la même place.

« Nous avons pas mal de choses à voir aujourd'hui. » reprit-elle.

« Ah oui ? Je suis ravie de l'apprendre parce que je ne comprends toujours pas ce que je fais ici ! » Lâcha Alexandra sans aucune retenue.

« La nuit ne vous a donc pas porté conseil je présume. Reprenons là où vous vous êtes arrêtée hier s'il vous plait. Avez-vous encore les documents qu'on vous a remis ? »

« Oui. »

Alex attrapa les deux feuilles et les posa devant elle avant d'ajouter :

« Je n'y comprends toujours rien. »

« Savez-vous par qui et à qui ont été adressées ces deux lettres ? »

« La première je n'en ai aucune idée, la seconde m'a été envoyée par mon conjoint lorsqu'il m'a demandé d'emménager avec lui. Tout ça je l'ai déjà dit hier à votre collègue ! »

« La première lettre a été adressée à une jeune femme il y a bientôt dix ans, la seconde a été adressée à cette même jeune femme il y a presque onze ans. »

« Vous vous trompez ! »

Alex répondait de manière réactive et emportée, sa peau claire devenait écarlate au fur et à mesure que la discussion avançait.

« Regardez les choses en face, ces deux lettres commencent exactement de la même manière, elles ont été écrites par la même personne. »

« C'est faux, n'importe qui est capable de dire ou d'écrire « mon amour », on nage en plein délire ! »

« Vous ne voulez pas voir la vérité en face mais prenez le temps de réfléchir tranquillement. »

La voix de Valérie avait quelque chose d'intimement gênant, elle était posée presque monocorde et semblait indifférente aux différentes humeurs de son interlocutrice. Alex prit une grande inspiration avant d'abandonner ses pensées :

« Je vous écoute. »

Elle regarda Valérie dans les yeux attendant une démonstration percutante sur le sujet.

« Alexandra, j'ai ramené aujourd'hui quelques documents dont je voudrais que vous preniez connaissance. »

Elle attrapa une épaisse pochette rouge sur laquelle étaient marquées en noir et en gras les initiales de Bastien : B.M. Alex n'osait plus cligner des yeux de peur de louper un détail de la scène qui se jouait devant elle. Une fois assurée qu'Alex avait bien remarqué les initiales sur l'avant elle se décida à l'ouvrir de tout son long et à en sortir tout son contenu tel un éventail.

« Choisissez un document. »

Alex s'exécuta sans trop chercher à comprendre, elle hésita quelques secondes puis s'empara de la feuille tout à droite.

« Lisez-le, vous n'allez pas être déçue. » lança immédiatement Valérie.

Alex tenait cette feuille retournée sur la table et fixait Valérie. Ses yeux montraient à la fois de l'énervement et de l'inquiétude, elle se sentait sous pression.

« Il faut que cette mascarade cesse ! » Alexandra avait sorti ces mots en retournant le document.

Elle tenait entre ses mains un extrait de livret de famille. Elle fulminait.

« Pourquoi me montrez-vous ce document ? Je sais qu'il a été marié, je sais qu'il a été amoureux, je sais qu'il a eu un passé ! Qu'est ce que tout ceci signifie ? Qui êtes-vous ? »

« Effectivement, c'est bien la photocopie du livret de famille qu'il a obtenu en se mariant avec Claire Moirant. »

« C'est du passé tout ça ! »

« Vous croyez ? »

Alex blêmit subitement, elle était persuadée que son ex-femme portait un autre prénom. Son interlocutrice du jour en profita pour lui tendre un second document sans même prendre la peine d'ajouter quoique se soit. Elle s'en empara et découvrit une autre page de ce même livret, celle de Louise Moirant.

Elle quitta la pièce précipitamment. Dans sa colère elle attrapa une grande partie du dossier qui était maintenant éparpillé sur la table, pour se réfugier dans la salle de bain où elle s'enferma à double tour. Il était neuf heures du matin, la journée allait être longue.

Valérie alla se faire un thé dans la cuisine puis revint s'asseoir comme si de rien n'était attendant qu'Alex ne daigne revenir. Elle ne pouvait s'empêcher d'afficher un petit sourire en coin qui la rendait naturellement détestable.

Pistouille qui dormait tranquillement sur le tapis de bain se réfugia aux côtés de sa maitresse tandis qu'elle étala, faces découvertes cette fois, l'ensemble des documents qu'elle avait dans les mains. Elle découvrit avec rage des captures d'écran de messages échangés de manière privée sur les réseaux sociaux, puis des aspects de leurs vie privée qu'elle était persuadée de n'avoir partagé qu'avec ses amis. Elle maugréa à voix haute après SecretLife, se demandant quel était leur véritable rôle. Elle continua, les mains tremblantes à tenter de déchiffrer tout ce qu'elle trouvait. Elle mit rapidement la main sur la fameuse page du livret de famille qui lui avait fait tourner la tête et péter les plombs : Louise Moirant. Bastien avait donc eu un enfant. Elle était née le 4 janvier 2010 et était décédée quelques semaines plus tard. Elle caressa son ventre et son cœur se serra. Pourquoi Bastien n'avait jamais abordé le sujet ? Elle farfouilla dans le tas de papiers qu'elle avait réussi à embarquer à la recherche d'autres pages de ce livret espérant trouver, inconsciemment au départ, des éléments du divorce de Bastien. Mais rien, il manquait des pages à ce livret de famille, c'était sur.

Alex parcouru des documents confidentiels de Medisafe où le nom de Bastien était cité à plusieurs reprises. Elle découvrit des mails échangés où Bastien semblait revoir toute la stratégie commerciale de l'entreprise et faisait des extractions de chiffres auxquelles Alex ne comprenait rien si ce n'est qu'elles permettaient de présenter un bilan différent et d'orienter certains collègues vers des départs plus ou moins volontaires.

Vie privée, vie publique, vie de collègue, vie de conjoint, toute leur vie se dévoilait à Alex sous un nouveau jour. Tous ces morceaux de vie qui s'étalaient sur le carrelage froid lui donnaient la nausée. Son regard se posa sur une petite liasse de feuilles agrafées, elle y plongea son regard et découvrit des échanges de mails, des copies d'écran mises les unes à la suite des autres sans vraiment de sens, mais sans aucun doute entre Claire et Bastien.

« Bastien,

J'ai besoin d'essayer d'avancer, j'ai besoin de temps, mais vie s'est arrêtée quand Louise a fermé les yeux. Comprends-moi je t'en supplie. »

« Mon amour,

Tu ne peux pas tourner les talons ainsi sur notre vie.

Ma fille, toi à présent.

Je me sens si seul et abandonné par la vie.

Reviens-moi. »

« Bastien,

Laisse-moi du temps, s'il te plait. »

« Mon amour,

Tu as illuminé ma vie depuis que je t'ai rencontré, Louise était notre rayon de Soleil. Je me suis senti père malgré la médicalisation de sa naissance, malgré le peu de temps où elle nous a accompagné. J'ai senti cette fierté que tu avais en la tenant dans tes bras tout contre ta peau, j'ai senti cet amour qui nous englobait dans cette salle sans âme.

Je ne vis plus sans elle, sans toi, je ne suis rien. »

« Mon amour,

Je continuerai à t'écrire chaque jour qui passe, parce que chaque jour compte quoique tu en penses. »

« Mon amour,

Réponds-moi, je deviens fou ! »

Et la réponse de Claire :

« Bastien,

Cesse cette correspondance, je n'en peux plus. Je suis à bout.
J'ai besoin de temps. Je ne te répondrai plus pour le moment,
laisse-moi cet espace de liberté c'est tout ce dont j'ai besoin
pour le moment. »

Alex n'en revenait pas, ces écrits étaient tranchants et lui
déchiraient le cœur, elle avait l'impression de découvrir un
Bastien caché dans l'ombre de sa propre vie. La page suivante,
elle retomba sur le poème que Simon lui avait montré la veille. Il
était accompagné d'un petit texte.

« Mon amour,

Je ne t'écrirai plus puisque tel est ton choix, mais je t'attendrai.
Toujours. »

Bastien était fou de Claire. C'était une certitude. Que faisait-il
avec elle ? Ce bébé qu'est ce que ça signifiait pour lui ? Elle ne
comprenait rien, elle se sentait nulle et inexistante parmi tout
ces écrits. Sa curiosité naturelle et la douleur qui l'envahissait du
cœur au ventre la poussèrent à poursuivre ses lecture jusqu'au
troisième et dernier feuillet.

« Bonjour Bastien,

Le temps a coulé depuis nos derniers échanges. Ils étaient
emprunts de douleurs et de souvenirs que j'ai encore beaucoup
de mal à aborder aujourd'hui avec sourire et légèreté.

Je te remercie d'avoir finalement respecté le silence que je te demandais - t'imposais - et je suis désolée pour cette distance forcée et la violence de mes mots qui ne faisait que traduire celle de mes maux.

Pendant ces deux dernières années je me suis octroyée du temps pour voyager, méditer, me recentrer sur moi et trouver la force d'avancer avec toujours une pensée pour Louise, pensée douloureuse mais heureuse d'avoir pu ressentir ce sentiment d'être maman pendant ce court instant. Grâce à toi. Merci.

J'ai vu sur Facebook que tu avais avancé de ton côté, que tu avais construit de nouvelles choses. Je suis heureuse pour toi.

Accepterais-tu que l'on se revoit pour boire un café ?

Affectueusement. »

Alex regarda la date, le mail était daté de 2014 soit deux ans plus tôt, alors que leur relation était déjà plus que sérieuse. Elle serra les dents avant de poursuivre sa lecture.

« Bonjour Claire,

Merci pour ces quelques mots qui m'apportent un peu de réconfort dans cette douleur que je continue de subir quotidiennement. C'est vrai je tente de reconstruire ma vie, je tente… je ne sais pas si j'y parviens réellement. On n'oublie pas, on vit avec.

Louise est devenue un sujet tabou pour la famille, je n'ai personne avec qui parlé de ma princesse. Je me rends sur sa tombe chaque semaine et je devinais parfois que tu étais passée aussi lorsque les couleurs des fleurs changeaient.

O.K pour un café, quand tu veux, je m'arrangerai.

Je t'embrasse. »

Alex retourna toutes les pages se demandant où se trouvait la suite de ses échanges. Elle ne trouva rien de plus. Elle sécha ses larmes et se décida à sortir de sa planque. Elle ne prêta pas attention à ses yeux bouffis, releva l'heure dans la cuisine et retourna s'assoir face à Valérie qui semblait ne pas avoir bougé d'un poil. Il était 10h45.

« Je n'en peux plus ! Quel est le but de tout ceci ? »

« Rendez-moi ces documents, asseyez-vous et je vous explique. »

Mal à l'aise, elle déposa tout en vrac. Les documents glissaient sur le verre fraîchement lavé. Elle s'installa dans son fauteuil, tout au bord, les mains plus ou moins nouées par le stress se baladaient sur la table.

« Nous comprenons que vous vous posiez beaucoup de questions. Avec les documents que vous avez consultés vous devez commencer à retracer certaines choses. Claire et Bastien Moirant se sont rencontrés pendant leurs études, ils ont emménagé ensemble dès leur diplôme obtenu suite à la belle lettre que Bastien lui a écrit. Cette lettre c'est celle qu'il vous a également adressé. Ils se sont mariés quelques années plus tard et à ce jour ils n'ont pas divorcé. Ils ont eu une petite Louise née prématurément qui n'a pas survécu. A partir de ce jour Claire a pris ses distances et a coupé les ponts pendant deux ans. Deux années pendant lesquelles Bastien Moirant a tenté de se reconstruire. C'est là que vous intervenez. »

« Hmm... »

« Ce que vous devez savoir c'est que Claire Moirant est l'héritière d'un grand industriel. Elle a reprit contact avec votre conjoint il y a quelques mois et je suis désolée de vous l'apprendre mais ils se sont effectivement revus à plusieurs reprises. »

« Comment le savez-vous ? »

« Nous savons énormément de choses, et si je n'ai pas envoyé de détective privé à leurs rendez-vous, je sais où et quand ils se sont vus. Je sais que vous rêvez de vous marier avec Bastien Moirant, mais je sais aussi pourquoi il ne vous fait pas sa demande. Votre recherche de logement, pensez-vous réellement qu'elle allait aboutir ? Non, clairement, il n'aurait jamais eu de coup de cœur, et il n'aurait jamais acheté avec vous en étant lié par ailleurs. Claire Moirant mène une croisade, et dans cette croisade elle a besoin de votre conjoint. »

« De quoi parlez-vous ? »

« La perte de sa fille. Claire Moirant est aujourd'hui persuadée que c'est un des traitements produits par votre entreprise qui est à l'origine de la perte de son enfant. Elle a voyagé un peu certes pendant les deux ans de vide dans la vie de Bastien, pardon pour vous, mais c'est surtout pour rencontrer des experts en Suisse, au Canada et aux Etats-Unis. »

« Bastien n'y est pour rien dans tout ça ! Il n'aurait jamais voulu causer du mal à quelqu'un, encore moins à sa propre fille. »

« Certes. Certes. Claire, elle, est persuadée que Medisafe a une part de responsabilité qui est énorme et ne compte pas en rester là. Elle a pris ses distances avec Bastien dans un premier temps écœurée de son appartenance à Medisafe, même si elle ne lui a jamais avoué jusqu'ici, aujourd'hui elle revient raisonnée mais pas raisonnable, elle a besoin de lui. Avec le nom de Bastien associé au potentiel futur scandale qui va éclater, je ne vous cache pas que cela pourrait être un beau désastre pour la société. Cela fait à présent un peu plus d'un an que nous rassemblons tout ce que nous pouvons. Vous êtes aujourd'hui pour nous le dommage collatéral de cette histoire. »

« Merci... Je ne sais pas comment je dois le prendre ! »

« Réfléchissez : votre conjoint vous cache son passé, son ex-femme avec qui il est finalement encore marié réapparait et il vous tient à l'écart, il la revoit plusieurs fois, et je peux même vous dire qu'ils sont ensemble aujourd'hui ! Et pire que tout, il ne vous parle pas de Louise. »

Alex s'effondra.

« Votre déjeuner a été servi dans le petit salon, nous nous revoyons tout à l'heure. »

« Non ! Vous ne pouvez pas me laisser comme ça. »

Valérie lui tendit une boîte de mouchoirs et s'en alla laissant Alex complètement perdue sur son siège. Elle resta là, pendant de longues minutes, sans bouger. Puis elle se dirigea dans le petit salon, se força à avaler quelque chose pour le petit être qui était en elle, sans grande conviction, puisqu'elle ne savait même plus à cet instant pourquoi il était là. Les yeux dans le vide face à l'écran noir de la télévision éteinte, à avaler quelques tomates cerises et un bout de pain.

Lorsqu'elle entendit les pas fins résonnants dans l'entrée, Alex se dirigea machinalement vers son siège prête à entendre la suite de cette histoire sordide dont elle espérait se réveiller à tout moment.

« Je vois que vous souhaitez reprendre, j'espère que vous avez mangé un peu car l'après-midi sera longue. »

Elle resta silencieuse.

« Votre conjoint est à New-York depuis hier, il a bien des réunions qui se profilent mais hier soir il a dîné avec Claire Moirant au restaurant, et ce matin ils devaient rencontrer un expert... »

« Ont-ils.. »

« Je ne sais pas, personne à ma connaissance n'est sur place, là-bas, nous analysons ce que nous avons : écrits, mails, etc. Medisafe travaille en étroite collaboration avec quelques experts dans le domaine de la santé et il se trouve que l'un d'entre eux a été contacté par Claire Moirant, elle ignore le niveau de relation et les intérêts que votre société a avec lui et elle lui a communiqué de nombreuses informations qu'il nous a fait remonter. Elle est en train de mener un combat en sous-marin contre Medisafe et là, au moment où je vous parle elle est sans doute en train de convaincre votre conjoint de la rejoindre dans ce combat. Vous voyez le problème ? »

« Qu'attendez-vous de moi au juste ? Pourquoi me raconter toute cette histoire ? »

« Minute papillon ! »

Valérie s'arrêta net et laissa planer un silence pesant. Habitée par un sentiment de trahison intense, Alex ne savait plus sur quel pied danser, qui croire et à qui octroyer sa confiance. Elle avait envie de fuir mais pour aller où ? A New-York retrouver Bastien et passer pour une femme complètement désespérée, où à l'autre bout du monde pour espérer l'oublier ? Elle préféra se saisir d'un mouchoir en papier et déverser quelques larmes dedans, en attendant que Valérie se décide à ouvrir la à nouveau la bouche.

« Quand Hubert Troudon, le PDG de Medisafe, que vous connaissez a été informé de ce qui se tramait, il a pris rapidement la décision de se rapprocher de Secretlife avec pour communication la diversification de l'activité et une indépendance totale dans le fonctionnement des deux entités, et ce afin de ne pas perturber les actionnaires d'une part et le personnel d'autre part. Ainsi votre conjoint qui est pourtant près d'une des hautes marches de l'entreprise n'a actuellement pas connaissance de cette mission souterraine qui se déroule.»

Valérie but une gorgée d'eau comme si elle attendait une réaction d'Alex qui resta de marbre. Elle alla tranquillement remplir son verre d'eau tout en continuant de loin de poursuivre la conversation.

« Depuis ce rapprochement, toute une partie de l'équipe a été mobilisée afin d'enquêter sur le sujet. Monsieur Troudon se doit de rester relativement discret et comme Bastien Moirant était déjà sur la rampe de lancement vers de hautes fonctions il ne pouvait pas le stopper directement et de manière frontale. Mais il le stoppera d'une manière ou d'une autre avant que sa nomination soit annoncée officiellement. »

Alex ne semblait pas réaliser ce qui se jouait dans les paroles qui se déversaient dans cette pièce. Elle était ailleurs, elle pensait à son couple, à elle. Elle se leva mécaniquement et alla aux toilettes sans dire un mot, elle revint s'assoir, le regard lointain, perdu. Ses yeux semblaient se diriger vers le gouffre qui s'ouvrait sous son poids, son corps lui sembla si lourd, si pesant…

« Oh oh, Alexandra, on se réveille, je vous parle là ! Vous n'avez pas l'air de vous rendre compte des enjeux qui se jouent. Si votre conjoint s'associe à Claire Moirant, il pourra mener une guerre contre Medisafe depuis l'intérieur. »

« Il ne le fera pas. »

« Qu'en savez-vous ? Claire Moirant est une femme persuasive et dont il a été fou amoureux je vous le rappelle. Elle est belle, elle est ambitieuse, elle a été son premier amour, elle lui a donné une fille…»

« Il déteste les conflits, il donnerait tout pour Medisafe et…il m'aime… » Alex n'était plus très sûre de ce qu'elle avançait.

« C'est ce que j'espère ! Bastien Moirant bénéficie de nombreux appuis à l'intérieur de Medisafe et à tous niveaux, c'est un collaborateur qui est très bien perçu et il ne sera pas évident de l'évincer sans créer de scandale surtout si son histoire personnelle vient à éclater au grand jour, alors oui, moi aussi j'espère qu'il vous aime assez pour ne pas replonger dans les bras de Claire Moirant !»

« Vous n'êtes pas humaine, vous êtes ce genre de personne qui ne pense qu'à la réussite et au profit ! Vous me dégoutez ! »

« La société fonctionne ainsi, vous vivez dans un monde parallèle fait de petits oursons et d'anges ? Je vous aurai au moins enlevées les œillères que vous semblez porter mademoiselle Saboti. Alors oui, je me fiche de savoir si votre conjoint vous trompe ou non, je vois plus large, plus grand que votre petite personne ! Je suis employée par la société Secretlife, je suis là pour mener à bien une mission, et tenir ce discours envers vous ne me fait ni chaud ni froid, non pas parce que je n'ai pas de cœur mais parce que je n'ai pas à faire de sentiment dans mon travail. Point.»

« Je... J'ai tout perdu. »

« Mais non, vous êtes bien plus forte que vous ne le pensez, relevez-vous et battez-vous ! Aidez-nous à mener cette mission à bien !»

« C'est donc ça ? Vous attendez de moi que je sois votre pion ? Que je vous permette d'étouffer ce qui pourrait être un énorme scandale ? Que j'arrive à convaincre Bastien de démissionner de ses fonctions ou de prendre son tremplin professionnel en mettant de côté sa souffrance ? »

« Nous attendons de vous que vous le raisonniez oui. Il en va de votre intérêt et du nôtre. Eloignez Claire de Bastien, Bastien de Medisafe, poursuivez à nouveau une vie rangée et ordonnée si vous le souhaitez. Je m'en contrefiche tant que le scandale se trouve loin de Medisafe j'aurai accomplie ma mission. Nous vous avons permis d'ouvrir les yeux et d'avancer, alors avançons.»

« Vous venez de piétiner ma vie et je devrai vous dire merci ? »

« Nous nous arrêtons là pour aujourd'hui. Demain est un autre jour. A demain Alexandra. »

Alex resta quelques secondes immobiles comme assommée par ces dernières paroles échangées, puis elle se leva pour lui serrer la main, sans envie, Valérie, elle, avait déjà tourné les talons. La porte d'entrée claqua avant même qu'Alex eut le temps de digérer ces derniers événements. Elle s'installa dans le canapé caressant Pistouille sans relâche et retraçant dans sa tête l'historique des dernières années de sa vie : leur rencontre, leurs débuts, son emménagement, leurs sorties, les déplacements réguliers de Bastien...

Lorsqu'elle réalisa que son ventre diffusait des gargouillis à tout va, elle se décida à avaler quelque chose sans grand désir. Le four lui redonnait, avec son horloge digitale, un semblant de cadre dans cet espace qu'elle ne supportait plus. Elle prit une douche, enfila un pyjama puis se glissa dans les draps sans parvenir à fermer les yeux. Elle resta là, un moment, étendue sur le dos, Pistouille à ses pieds, à regarder le plafond de la chambre à la lueur de la lampe de chevet, espérant que demain serait effectivement un autre jour. Elle s'endormit tard dans la nuit, au milieu des larmes versées, rattrapée par le peu d'espoir qui lui restait et la fatigue.

Mercredi, troisième jour

Alexandra se réveilla en sursaut, elle avait loupé le réveil. Il lui restait à peine trente minutes avant que quelqu'un ne débarque dans l'appartement. Enfin c'est ce qu'elle supposait d'après les jours précédents mais en y réfléchissant bien elle n'avait pas d'horaires ni de consignes particulières. Elle s'habilla à la hâte, avala un grand verre de jus d'orange et une part de brioche aux pépites de chocolats. Elle réalisa que son style était très cool et décontracté avec un jean clair légèrement griffé et un t-shirt blanc : l'extrême opposé de ce qu'elle ressentait au fond d'elle. Elle ne se maquilla pas, et laissa ses cheveux détachés sans même les coiffer, cela lui donnait un côté rebelle dont elle se fichait pleinement.

Elle retourna l'armoire de la salle de bain à la recherche de paracétamol pour soulager l'affreux mal de crâne qui l'envahissait : le fruit de cogitations nocturnes agitées. Un comprimé d'un gramme plus tard, elle eut l'impression qu'on frappa à la porte et s'avança vers l'entrée.

« Olivier ! »

« Bonjour Alex ! »

Enfin quelqu'un qu'elle connaissait mais elle était plutôt partagée sur cette découverte matinale.

« Qu'est ce qui se passe ? Que fais-tu ici ? Laisse-moi sortir s'il te plait ! »

« Calme-toi Alex, calme toi ! Tu as une toute petite mine, j'imagine que tu es bouleversée mais viens t'assoir, viens on va discuter. »

Il la prit sous son aile et l'emmena de manière plus décontractée que ses précédents interlocuteurs dans le petit salon sur le canapé.

« Olivier, je n'en peux plus d'être ici, d'apprendre des choses terribles chaque jour, je n'en peux plus ! »

« J'imagine... je sais tout Alex, tout. Je suis désolée de t'avoir tendu un piège depuis si longtemps. »

« Comment ça ? »

Peu proche habituellement de son responsable, elle sentait qu'il était là le seul rocher à qui elle pouvait se raccrocher et ce rôle ne semblait pas déplaire à Olivier. Il laissa une main posée sur son épaule comme pour l'apaiser avant de continuer :

« Au début tu étais une salariée comme les autres, il n'y avait que Medisafe, et moi je n'étais qu'un simple responsable hiérarchique. Puis très vite après ton arrivée le PDG a signé des accords avec Secretlife. Au début personne ne savait ce que ce rachat signifiait, comme tout le monde je m'en tenais à la version officielle. Toi, tu vivais ta vie tranquillement sans rien soupçonner, je me doutais de ta liaison avec Bastien mais après tout cela n'influait pas sur ton travail, donc pas de souci. Lorsque vous vous êtes dévoilés au grand jour, sans le savoir, c'était peu de temps après le rachat de Secretlife. »

Alex avait les larmes aux yeux. Elle le regardait telle une enfant apeurée, les yeux grands ouverts troublés par quelques perles qui s'écoulaient de chaque côté de son visage.

« Un jour, M.Troudon a eu connaissance de ta liaison avec Bastien et j'ai été convoqué dans son bureau. Je l'avais déjà rencontré mais je dois dire que cet entretien m'impressionnait car je n'en connaissais pas l'objet. Il m'a demandé de te suivre de plus près, et m'a confié cette mission supplémentaire sous la casquette de Secretlife il y a bientôt deux ans. Au début, c'était difficile car finalement nous n'avons jamais partagé nos vies privées au travail, surtout toi qui à chaque réunion recentrait tes humeurs et tes ressentis uniquement sur ta vie professionnelle. »

« Je n'avais pas envie de parler de ma vie privée, tes réunions n'étaient ni le lieu, ni le moment, et puis tout le monde connait Bastien, c'est un peu gênant… »

« Je comprends. Quelques mois après, voyant que je pataugeais dans ma mission, j'ai commencé à prendre peur pour l'ensemble de ma carrière, on m'a alors demandé d'infiltré ton réseau social, par chance ton profil Facebook n'était à l'époque que peu sécurisé et j'ai commencé à farfouiller dans ton passé. Je n'en suis pas fier Alex, mais il le fallait. »

Elle continua de le fixer, les yeux légèrement plissés et les lèvres pincées, se demandant ce qu'il allait sortir comme dossier de sa vie. Le silence s'étendait dans la pièce, même la légèreté et la grâce avec laquelle Pistouille descendit du canapé semblait d'un coup résonner contre les grands murs qui les entouraient.

« Bon, autant que tu saches tout. J'ai donc cherché un peu dans ta liste d'amis, j'ai écouté les conversations à la machine à café, j'ai passé des heures enfermé dans mon bureau à remonter ton passé… J'ai contacté Pierre Naudel. »

« Quoi ? Tu as fait quoi ? Mais de quel droit ? »

Alex était furieuse à présent, elle avait gardé de bonnes relation avec son ex-compagnon mais delà à ce que lui aussi est participé de loin au saccage de sa vie, trop c'était trop.

« Olivier, je n'en peux plus, je veux m'en aller, vous avez tous ruiné ma vie ! »

« Calme toi Alex, calme toi s'il te plait ! Laisse-moi terminer mon explication et je te laisserai partir. »

« C'est vrai ? »

L'air de petite fille qui attend patiemment le goûter qu'on lui a promis était revenu se greffer sur le visage d'Alexandra.

« Oui, c'est vrai. Je ne te mens pas aujourd'hui, je suis là pour que tu comprennes, que tu ais toutes les cartes en main. Après, c'est toi qui choisiras, d'accord ? »

« D'accord. »

« J'ai contacté Pierre, je ne te cache pas que j'ai du jouer carte sur table avec lui pour qu'il m'écoute. Mais comme il était resté sincèrement attaché à toi, ce que je peux comprendre, il a accepté de m'aider dans la tâche. Il m'a aidé à définir ton caractère, à m'indiquer qui de ton réseau pourrait me renseigner, à prévoir tes réactions etc. »

« C'est donc pour ça que régulièrement, après des mois sans nouvelle dans un premier temps, il est revenu vers moi me demander des nouvelles... »

« Oui. Sans doute, et parce qu'il en avait envie aussi. »

« Toutes ces questions qu'il me posait, toutes ces fois où il me disait qu'il était content pour moi, qu'il avait tourné la page, c'était juste pour m'endormir et en savoir plus sur mes envies de mariage, de bébé... c'est dégueulasse ! Vous avez bien du vous moquer de moi, ça a bien du vous faire marrer ce petit jeu ! Vous êtes tous détestables, tous sans exception ! »

« Je sais... Il fallait que nous sachions qu'elle était ta position vis-à-vis de Bastien pour préparer au mieux le virage qui nous attend. Quand nous avons appris pour ta grossesse, nous avons décidé qu'il était urgent de t'informer des coulisses de ta propre vie, je suis désolé que nous n'ayons pas pu le faire plus tôt mais il était trop tôt...et nous avions prévu beaucoup de choses mais pas ta grossesse.»

« Et maintenant je fais quoi moi ? »

« Tu as le choix. Reprendre ta vie comme si de rien n'était si tu y parviens, rejoindre nos rangs et tenter de sauver Medisafe du scandale qui va peut être l'éclabousser bientôt, fuir tant qu'il en est encore temps et que tu n'es pas impliquée. »

« Pas impliquée.. c'est vite dit ! Trois jours que je suis ici à apprendre les pires choses sur mon couple, sur ma vie, à découvrir comment j'ai été épiée, violée dans mon intimité... mais non je ne suis pas impliquée ! »

« J'imagine combien c'est compliqué pour toi mais prends le temps de réfléchir s'il-te-plait avant de prendre une décision. »

Olivier restait calme et posé tandis qu'Alex fulminait, elle traversait le salon à grandes enjambées, soupirant et manifestant son mécontentement rien que par la gestuelle de sa tête qui oscillait de gauche à droite.

« Ecoute Alex, tu penses bien que nous avons-nous aussi fait appel à différents spécialiste pour savoir ce qui avait pu arriver à la petite Louise, nous avons enquêté en interne également. Nous avons fait appel à différents experts, nous nous sommes renseignés auprès d'avocats également, nous sommes certains à présent que Medisafe n'a rien à se reprocher... »

« Alors de quoi avez-vous peur ? »

Alex s'asseya calmement cette fois, prête à écouter les justifications de son supérieur.

« Du scandale bien évidemment, de l'opinion publique et des médias qui ne cesseront pas de nous harceler et de chercher la petite bête là où elle n'est pas ! Alex, nous n'avons pas peur du combat en lui-même, Louise était une jolie petite fille mais terriblement fragile comme tous les grands prématurés...et j'en suis désolé pour eux, mais Medisafe n'a pas à subir les postillons de ce combat qui ne semble qu'être l'acharnement d'une mère qui ne parvient pas à faire son deuil. »

Elle se releva aussitôt.

« Le bien paraître, c'est tout ce qui vous intéresse, la morale, elle, elle passe bien loin au –dessus de vos têtes. C'est ça le problème avec les grands penseurs dans le genre de ceux qui dirigent ces grosses entreprises, à force de croire que personne ne vaut rien, que les sentiments et les émotions ne devraient pas exister, vous déshumaniser les salariés, les sociétés comme si ce n'était que d'énormes machines répondant à vos moindres claquements de doigts pour générer du pognon ! »

« Alex, je ne suis qu'un pion. Un simple pion, presque au bas de l'échelle et tu sais combien l'échelle est grande. Oui, je n'ai pas eu le choix de me joindre à ce combat sous-marin, oui j'ai trouvé ça dégueulasse d'enquêter sur toi à ton insu, mais oui, je sais aujourd'hui pour tremper dedans que Medisafe n'a rien à se reprocher et qu'il est hors de question de mettre la vie professionnelle de centaines de salariés en jeu pour un combat qui ne devrait pas exister. »

« Ca…je peux l'entendre. »

« Veux-tu qu'on déjeune ensemble ? J'imagine que ce n'est pas très drôle d'être ici toute seule depuis lundi.. »

« Oui, je veux bien. Quand pourrais-je rentrer chez moi ? »

« Ce soir. »

Olivier sortit de la pièce, ouvrit la porte d'entrée, échangea quelques mots qu'Alex entendait en fond de décor. C'était une voix masculine qui laissa très vite place à un claquement de porte. Olivier revint avec deux pizzas dans les bras.

Ils mangèrent en silence, rapidement. Alex pensait à partir loin, elle ne savait pas pour aller où, mais son envie de liberté prenait le dessus sur le présent. Elle voulait tout envoyer valser, tout, n'avoir qu'à penser à elle. Elle et ce petit être qui poussait discrètement, elle ne savait même plus si elle souhaitait encore cet enfant. Olivier l'interrompit dans ses songes.

« Tu es une femme forte tu me l'as prouvé dans ce métier pas toujours évident, je sais que tu peux t'en sortir. »

« Merci, mais là, maintenant, tout de suite, je ne sais plus qui je suis. »

« Pour ton information, Bastien rentrera des Etats-Unis demain, il a fait changer son billet d'avion suite à l'annulation de sa dernière réunion. Il prend un vol dans la soirée ce soir, un peu avant vingt heures et devrait arriver en début de matinée à Paris. »

« Sais-tu autre chose ? »

« Une collègue a téléphoné à son hôtel se faisait passer pour son assistante, nous savons simplement qu'il s'est bien acquitté de la facture de sa chambre d'hôtel pour deux nuits, en revanche, il n'y avait qu'un petit déjeuner de réglé. »

Elle regardait le sol, étonnamment brillant, étonnamment trouble sous les larmes qui jaillissaient de ses yeux. Olivier enchaina.

« Il faut que tu prennes soin de toi Alex, pour ton bébé. Je sais que tu as rendez-vous pour faire un point chez le médecin ce soir, on te libère pour cette raison, c'était prévu de toute façon quoiqu'on t'ait dit. »

« J'avais complètement oublié ce rendez-vous. » chuchota-t-elle dans un demi-sanglot.

« Je t'y déposerai tout à l'heure. »

Alex ne répondit pas, elle se sentait toute petite et impuissante face à la montagne qui se dressait devant elle. Cette paroi rocheuse qu'elle imaginait représentait sa vie : vertigineuse, abrupte, coupante, difficile et avec peu de prises. Lorsqu'Olivier revint après avoir déposé les cartons graisseux dans la cuisine, Alex lui adressa un petit sourire en guise de remerciements. Jamais elle n'aurait soupçonné que son responsable était humain. Il lui tendit la main pour l'aider à se relever du canapé, et la prit dans ses bras.

Mal à l'aise, Alex s'en écarta quelques instants plus tard avant de rejoindre la grande table où le dossier était encore à moitié éparpillé. Elle regarda Olivier, qui avait suivi le pas, dans les yeux avec la froideur d'une femme trahie. Olivier sentit les frissons lui parcourir le dos, malgré la chaleur parisienne, sous sa chemisette en coton bleu ciel.

« Je le hais, je veux qu'il sorte de ma vie, enfant ou pas, je ne veux plus avoir aucun lien avec cet homme. Je vais vous aider à l'évincer de Medisafe ! »

« Alex, tu as le temps de réfléchir, enfin un peu de temps. Ne prends pas de décision que tu pourrais regretter. »

« Olivier, je te dis que je suis le mouvement, je le suis. Point. »

Elle tapa du poing sur la table en expulsant ces mots. Olivier se reprit et tenta de détendre l'atmosphère en répliquant d'une voix douce et posée :

« Bien. Alors je te propose qu'on travaille la suite de la stratégie pendant les deux prochaines heures puis qu'ensuite on te rende ta liberté. »

Alex s'installa à table et sortit cette fois de quoi noter de sa sacoche sans que personne ne lui fasse de remarque. Olivier s'avança vers la fenêtre et ouvrit les volets pour le plus grand bonheur d'Alex qui rêvait de revoir le bleu du ciel.

« Sourire te va si bien Alex, tu vas remonter la pente ! »

« Il le faut ! »

Déterminés ils se mirent au travail. Ils épluchèrent l'ensemble des expertises sans tout comprendre, les documents retraçant les allers et venues de Claire Moirant, son passé, ses failles, celles de Bastien aussi. Une fois que tout était plus clair dans la tête d'Alex elle lâcha comme pour conclure.

« Ce soir je rentre chez moi, demain il retrouvera sa compagne aimante et dévouée, ou presque. Je travaillerai pour qu'il quitte Medisafe, puis je le pousserai dans ses mensonges et ses secrets jusqu'à ce qu'il m'avoue la vérité, parce que j'en ai besoin. Puis, comme toute femme trahie et sous le coup de l'émotion je plierai bagages et m'en irai. »

« Nous t'aiderons à orchestrer tout ça, tu ne pourras pas tout faire toute seule. »

« Très bien, je suis prête. »

« Alors voilà ce dont tu as besoin. Ce dossier, qui ne doit jamais être laissé sans surveillance. »

Il lui tendit une pochette noire épaisse dans laquelle des feuillets séparatifs de couleurs venaient ordonner les différents documents. Il reprit :

« Tu as la soirée pour le regarder dans le calme, il y a les accès pour une page web Secretlife, tes coordonnées de messagerie dans cette nouvelle entité, les différents lieux où nous pouvons nous retrouver etc. demain, je te demanderai de me le rendre complet»

« Vous saviez que je suivrai le mouvement … »

« Alex, on t'a étudié sous toutes les coutures, ou presque… Il y a des gens qui ont analysés tes réactions, tes humeurs, certaines réunions étaient mêmes filmées. L'équipe Secretlife est grande, tu verras par toi-même l'organisation complète et complexe grâce à ce dossier. Donc oui, on le savait. La seule chose que je te demande, c'est de signer ce contrat qui te lie à Secretlife tout comme je le suis, tout comme les personnes que tu as rencontrées le sont. J'aurais du te le faire signer avant de tout te dévoiler mais je n'avais pas le courage de partir dans cette croisade alors j'ai préféré jouer cartes sur table. »

« O.K, c'est bon, c'est bon, je signe, merci de ta confiance. »

Alex s'empara du dossier en le coinçant sous son bras. Olivier alla fermer les volets entrouverts pendant qu'Alex installait Pistouille dans sa cage de transport puis fit rapidement un tour du logement, s'assurant de n'avoir rien oublié, mais réalisa que rien ne lui appartenait. Elle retrouva Olivier dans l'entrée qui l'attendait.

« Alex, tu as oublié quelques chose je crois… tes vêtements. »

Elle posa Pistouille, sa sacoche et le dossier puis courra dans la pièce qui lui avait servit de chambre se changer. Tous ces vêtements avec lesquels elle était arrivée étaient propres et repassés, posés sur le lit. Elle se changea rapidement et retrouva Olivier.

« Ca vous arrive souvent de séquestrer des personnes dans un appartement tel que celui-ci ? »

« Alex, je ne suis qu'un pion, je ne sais pas tout. »

Elle le regarda et observa un petit air gêné qui laissait entendre qu'il en savait plus qu'il ne pouvait le dire. Elle se résigna de peur de le froisser et lui emboita le pas au dehors de cet appartement bourgeois.

Sur le seuil de la porte il lâcha :

« Tu vois cette petite porte au bout du couloir ? Elle donne dans la seconde chambre de l'appartement, la pièce marquée privée où tu ne pouvais pas entrer. C'était notre SAS pendant toute cette semaine : plateaux de repas, cellule d'observation, veilleur pour la nuit prêt à intervenir si tu avais eu un souci médical ou autre... Tu n'étais pas vraiment seule Alex, nous ne sommes pas fous. »

« Un peu quand même... » Ajouta-t-elle sans réfléchir.

« Allez grimpe ! »

Il souriait. Elle monta dans la voiture de son chef et se laissa diriger jusqu'au cabinet médical. Pistouille ne disait rien, installé sur les genoux de sa maîtresse. Le temps du trajet elle ne pouvait s'empêcher de regarder la ville défiler devant ses yeux, elle ouvrit la fenêtre pour s'assurer d'avoir retrouvé sa liberté. L'air pesant et sans doute un peu trop pollué de Paris entrait dans ses poumons comme une vague d'oxygène. La liberté. Enfin.

Retour à la réalité

Alex attendit un bon moment dans la salle d'attente, elle était arrivée avec vingt bonnes minutes d'avance et son médecin avait finalement plus d'une demi-heure de retard. Elle s'en moquait, ce rendez-vous était trop important et émotionnellement fort pour céder à une nouvelle pulsion d'énervement. Elle rêvait d'un petit garçon en caressant son ventre qui pour le moment ne laissait pas apparaître le moindre signe de vie.

Lorsque son médecin l'accueilla, il se douta que le résultat de la prise de sang était positif au sourire que laissa échapper sa patiente. Alex ne montrait aucun signe de maladie quelconque, juste un sourire radieux qui redonna à ce docteur toujours sérieux un air un peu plus détendu. Après quelques formalités d'usage, il souhaita lui faire passer une échographie de contrôle. Alex ne savait pas à quoi s'attendre en s'allongeant sur le fauteuil. Le liquide froid s'étala sur son bas ventre, elle avait tourné la tête sur le côté pour avoir les yeux rivés sur le petit écran. Elle ne comprenait rien à ce qu'elle voyait, elle attendait patiemment. Le médecin mit un moment à trouver l'endroit qui l'intéressait puis il prit quelques clichés sans dire mot. Il fronçait les sourcils tout en agitant l'écographe de sa main au dessus de son ventre. Alex se demandait pourquoi il appuyait et insistait ainsi, mais après tout c'était lui le médecin.

Il raccrocha l'appareil, poussa l'écran et invita Alex à se rhabiller tout en quittant la petite salle pour rejoindre son bureau. Celle-ci s'étonna qu'il ne lui ait rien dit, elle se rhabilla à la hâte puis le rejoignit dans son bureau. A peine assise, il s'éclaircissait enfin la voix, et d'un air désolé lâcha :

« Ecoutez, j'ai besoin que vous fassiez une nouvelle prise de sang. Je vais être honnête avec vous, je ne sais pas si votre grossesse est viable. »

Alex était comme assommée par la nouvelle, elle sortit un mouchoir pour éponger ses yeux humides, puis son chéquier. Elle régla la consultation, récupéra sa carte vitale machinalement pour l'enfouir dans son portefeuille à la va-vite et sortit en oubliant même de le saluer. Il soupira en refermant la porte d'entrée du cabinet, sincèrement déçu pour sa patiente qu'il suivait depuis le début de ses essais.

Alex rentra chez elle en portant Pistouille d'une main, elle était à un pâté de maison de son domicile. Dans l'autre main, elle tenait sa mallette fermement, celle-ci renfermait le précieux dossier qu'Olivier lui avait confié quelques heures plus tôt. Elle ne savait même plus si elle avait vraiment envie de rentrer. Elle se força à prendre les escaliers pour ne pas attendre l'ascenseur, elle ne voulait croiser personne, surtout pas la voisine du rez-de-chaussée qui avec son grand-âge se permettait d'être parfois d'une curiosité envahissante.

Il était dix-huit heures trente, Alex qui venait à peine de se poser dans le canapé la mine triste et épuisée sortit en trombe de l'appartement pour se diriger au laboratoire. Il fallait qu'elle sache, maintenant. Elle fit la prise de sang peu avant la fermeture du laboratoire et indiqua qu'elle passerait le lendemain même chercher les résultats. Elle rentra chez elle, lentement, s'arrêtant devant une papeterie ou toutes les affaires de rentrée étaient exposées. Celles qu'elle n'achèterait peut-être jamais. Une larme roula le long de sa joue droite, elle la chassa avec son foulard avant de reprendre son chemin.

Elle s'installa devant son ordinateur, l'épais dossier noir à sa droite. Elle regarda Pistouille retrouver avec joie son espace de vie avant de se concentrer sur sa tâche du soir. Elle commença par feuilleter les dossiers un à un, ils étaient ordonnés par thématique puis par ordre chronologique. Elle récupéra une clef USB très fine scotchée dans le fond de la pochette qu'elle consulta immédiatement. L'ordinateur ne mit que quelques secondes à détecter cet élément externe mais elle était face à un espace vide. Sa curiosité la poussa jusqu'à vérifier les propriétés de la clef USB et son espace de stockage. Elle chercha à faire apparaître les fichiers qui devaient être cachés et découvrit plusieurs dossiers « BM », « CM », « échanges », « documents officiels » et « divers ». Elle se rendit vite compte que tout était verrouillé et qu'elle n'avait accès qu'à la lecture de certains documents, d'autres étaient verrouillés par un mot de passe.

Les premiers dossiers concernaient bien évidemment Bastien et Claire. Il y avait des photos d'eux individuelles dans certains lieux qu'elle ne parvenait pas à identifier. Bastien semblait rencontrer énormément de monde au quotidien. Claire, elle, était le plus souvent devant de grandes portes d'immeuble ou devant des bureaux, mais toujours avec sa mallette et un dossier sous le bras. Dans le dossier échanges en revanche il n'y avait que des photos où ils étaient ensemble, Alex ne reconnaissait pas plus les lieux mais elle devinait des bars, des restaurants, des halls d'hôtels, des cafés. Au fur et à mesure que les photos défilaient sous ses yeux, elle sentait ses jambes qui tremblaient de plus en plus. Elle zoomait les clichés de manières frénétique comme pour vérifier d'une part que c'était bien Bastien qu'on apercevait au loin, d'autre part pour se faire une idée plus précise de cette femme qui avait occupé et occupait toujours un rôle si important dans la vie de son homme. Elle ferma les yeux, secoua la tête, elle n'arrivait décidément pas à se concentrer, l'envie de jeter toutes les affaires de Bastien à la poubelle était grande, et elle sentait la colère montée en elle. Sa vie tournait au désastre. Elle alla faire chauffer de l'eau dans sa bonne vieille bouilloire en plastique, puis pris un sachet de tisane dont l'intitulé « relaxation » lui parut bien mensonger. Elle trouva quelques tranches de pain de mie dans le placard, ainsi qu'une boîte de conserve renfermant une terrine de poisson. La truffe de Pistouille s'agita sous l'odeur de la terrine qui venait lui chatouiller les nasaux. Alex laissa tout en plan pour satisfaire la gourmandise de son chat et lui donner l'une de ses terrines préférées.

« Chacun son repas mon Pistouille » laissa-t-elle planer en le caressant tendrement. Elle eut un miaulement de satisfaction en retour. L'appartement s'assombrissait peu à peu, et l'écran de l'ordinateur lui donnait un visage bien pâle. Elle poursuivit sa découverte en farfouillant dans le dernier fichier et aperçut des tas de documents numérisés. Son regard fut attiré par un rapport au logo coloré, elle découvrit l'agence des Experts et Détectives Spécialisés sous le nom EDS. Inconnue au bataillon pensa-t-elle, et elle avait raison. Comme pour rester le plus discret possible cette société était peu présente sur Internet, leur site était minimaliste et il n'y avait aucune photo ou aucun communiqué sur leurs actions. Elle déroula un rapport qui faisait état des différents mouvements de Claire Moirant sur l'année précédente : ses voyages, certains rendez-vous, ses lieux de prédilections, les hôtels où elle séjournait. Le nom de Bastien apparaissait clairement plusieurs fois.

A cet instant elle se remémora sa journée avec Olivier et pensa à Pierre. Elle se jeta sur son téléphone et l'appela sans même regarder l'heure. Il était près de vingt-deux heures mais Pierre décrocha rapidement. A sa voix Alex comprit qu'elle l'avait inquiété, elle le rassura et lui expliqua qu'elle était au courant de tout ou presque. S'en suivit une longue conversation téléphonique, Alex lui demanda quel rôle il avait joué dans tout cette orchestration de sa vie, il resta vague mais laissa échappé qu'il s'était promis de continuer à prendre soin d'elle peut importe où sa vie la mènerait. Elle lui raconta les derniers événements, sa grossesse et cette épée de Damoclès qui se promenait au dessus de sa tête. Pierre tenta de la réconforter de son mieux et lui proposa de passer la voir, ce qu'elle refusa elle avait encore besoin de temps pour étudier son dossier. Ils raccrochèrent peu après minuit et Alex se replongea dans son ordinateur pendant que la ville s'assoupissait sous ses fenêtres.

La nuit se prolongea à une vitesse folle et Alex ne trouva pas le sommeil. Elle avait passé une bonne partie de la nuit à ouvrir des fichiers pleins de textes, de photos, de documents plus ou moins confidentiels, de rapports de médecin. Elle avait voulu faire une copie de la clef USB mais tout semblait bloquer, elle se résigna à tout ranger. Elle avait beaucoup pleuré, les paquets de mouchoirs vides s'entassaient à côté du clavier tandis qu'elle se dopait d'homéopathie pour tenter de chasser un mal de crâne naissant. C'est seulement quand la pendule afficha près de six heures du matin qu'elle se décida à abandonner son ordinateur et à ranger tout le dossier bien soigneusement afin de ne rien laisser trainer.

Elle sentit le stress la gagner en se préparant dans la salle de bain, elle fit le plein de vitamines tout en se demandant comment elle affronterait le retour de Bastien. Bastien, son Bastien, celui en qui elle avait une confiance aveugle. Elle ne pouvait s'empêcher de penser que ce n'était pas le même homme dont elle a entendu le portrait pendant ces quelques jours, qu'il y avait sans doute une explication à tout ça. Bastien ne pouvait pas avoir joué un double jeu pendant si longtemps et si bien, il ne pouvait pas être celui qui avait érigé le plus beau château de carte pour souffler dessus si brutalement. Bastien ne lui avait même pas envoyé un mail pour lui annoncer l'avancée de son retour, elle ressassait tous les éléments en fermant les yeux face à ce miroir qui lui renvoyait sa petite mine fatiguée. Le fond de teint n'y pouvait rien, les cernes étaient ancrées sous ses paupières sur plusieurs centimètres, les yeux quelque peu rougit. Elle passa un coup d'eau froide sur son visage puis fit une ultime tentative de maquillage.

Vers sept heures, elle envoya un SMS à Olivier :

Salut. Où pouvons-nous nous retrouver que je te rende le dossier ? au bureau ?

Il ne tarda pas à lui répondre :

Bonjour Alex, ne vient pas à Medisafe, tu es encore en formation jusqu'à demain. Rejoins-moi au bar à côté de la station Javel André-Citroën, j'y serai vers 8h15. Viens quand tu peux. Supprime ce SMS.

Alex se demanda à quel point elle était encore épiée et si Olivier savait déjà que son RDV chez le médecin ne présageait rien de bon. Elle s'exécuta puis s'empara de son sac à main et sortit en vitesse de l'appartement. Elle baissa la tête le long de la papeterie, mais ne put s'empêcher de ralentir devant la vitrine teintée du laboratoire, comme si quelqu'un allait sortir de là pour lui annoncer une belle nouvelle. Elle reprit finalement sa marche rapide puis s'engouffra dans la bouche de métro. Elle attendit une ou deux minutes pas plus, puis trouva une place assise qui lui permit de trépigner des jambes pendant tout le trajet.

Elle s'estima chanceuse de n'avoir croisé personne qu'elle connaissait tant elle se sentait dans un état de stress incontrôlable. Elle gravit les escaliers à une vitesse folle puis poussa la porte lourde transparente au vol avant de se diriger vers la sortie. Elle s'arrêta sur le côté de la rambarde verte bouteille pour laisser les autres passagers sortir tandis qu'elle fixait le ciel en respirant profondément. Elle regarda l'heure sur son téléphone, elle était juste à l'heure. Le bar se situait juste en face à côté de l'autre sortie, elle avait une chance sur deux, perdu. Elle traversa donc et se dirigea serrant fort contre elle le dossier vers le bar. Elle chercha Olivier du regard, il n'y avait pas grand monde en terrasse et au travers de la vitre elle ne distinguait pas grand-chose à l'intérieur. Elle hésita à attendre dehors puis finalement prit le parti d'entrer s'asseoir à l'intérieur. C'est Olivier qui vint lui ouvrir la porte, il la regardait depuis de longues minutes depuis sa banquette et lisait la détresse dans les yeux d'Alex. Il l'embrassa sans effusion.

« Bonjour Alex, comment vas-tu ce matin ? Viens suis moi, je me suis posé là bas »

Alex n'eut pas le temps de répondre, elle lui emboîta le pas. Elle ne chercha pas à répondre non plus, finalement elle se demandait toujours ce qu'elle faisait là. Elle s'installa et laissa son regard divaguer au-delà de la vitrine, elle n'entendit pas le serveur qui vint prendre la commande. Olivier commanda spontanément un café et une tisane, tandis qu'elle contemplait le flot de voitures qui défilait devant ses yeux. Du simple pot de yaourt aux énormes SUV, toutes les catégories de véhicule s'étalaient dans cette avenue de bon matin.

« Pff encore un frimeur en grosse bagnole dans Paris » lâcha-t-elle.

Olivier la regarda le sourire en coin.

« Alex, as-tu pu te reposer un peu ? »

« Non. »

Elle ne s'étendit pas, le serveur revenait avec la commande. Alex remarqua la délicate attention d'Olivier de s'être remémoré qu'elle préférait de loin la tisane à d'autres boissons chaudes. Elle saisit dans la boîte en bois un parfum fruité puis fit mine de tourner et d'agiter son sachet dans la tasse avec une grande concentration.

« C'est bien qu'on puisse se voir Alex. Comme je te l'ai dit hier tu pourras compter sur moi. J'imagine que ce n'est pas évident pour toi en ce moment, toutes ces nouvelles plutôt mauvaises qui s'enchainent. »

Elle continuait à remuer son sachet. Il poursuivit.

« As-tu pu regarder le dossier ? As-tu des choses à ajouter ou à me demander ? »

« Je l'ai regardé. J'ai vu les photos, lu une partie des documents… les contrats sont juste incompréhensibles, les rapports d'experts accablants mais truffés de formulations techniques et de termes scientifiques. Bref je n'ai pas compris grand-chose… »

« C'est normal, rassure-toi. La présence des photos dans le dossier a permis aux différents détectives employés de repérer leurs cibles, elle nous a permis de vérifier les informations communiquées par certains alliés également : les lieux, les dates… Elles devaient également permettre de te montrer qu'ils se connaissaient et qu'ils se voyaient encore. » Il termina sa phrase en baissant la voix comme un peu honteux de ce qu'il avançait.

Elle resta fermée, la bouche pincée, le sachet de sucre pincé entre le pouce et l'index qu'elle agitait de manière frénétique. Il tenta de capter son regard mais dû se contenter d'un silence pesant pour répondant. Il remarqua ses cernes légèrement apparentes sous le fond de teint à la lumière mais se garda bien toute réflexion à ce sujet.

« Alex, nous avons peu de temps, demain ce sera le week-end et lundi le retour à une vie normale. J'ai besoin que tu me parles. »

Dans la précipitation il attrapa la main d'Alex qu'elle avait laissé reposer sur la table, elle se dégagea rapidement.

« Je suis là, je ne parle pas parce que je n'ai rien à dire. Ce dossier me gêne, m'encombre, ruine ma vie. Que veux-tu savoir de plus ? »

« Je sais, je ne veux pas te bousculer, juste qu'on avance. »

« Je ne sais même pas comment je vais faire face à lui ce soir, tu comprends ça ? »

La mine d'Olivier s'assombrit.

« Bien sur Alex que je comprends, mais je sais que tu vas très bien t'en sortir. Tout ira bien ne t'en fais pas. »

« Tout ira bien, tout ira bien, c'est vite dit. Bref. Je reviens. »

Elle s'éclipsa rapidement aux toilettes, puis revient quelques minutes plus tard les yeux légèrement rougis. Olivier était plongé dans son smartphone et ne parut rien remarquer. Ce fut elle qui enchaina.

« Bon, donc je te disais que je n'avais rien remarqué, les comptes rendus d'experts que Claire Moirant a embauché sont plutôt clairs, ils considèrent que les médicaments qui ont pu être administrés et en particulier le corodophile a pu jouer un rôle dans le décès de Louise. Et le corodophile c'est le médicament justement produit par Medisafe donc quand tout le monde me dit que notre boîte est propre, franchement j'émets des doutes. »

« C'est effectivement le compte-rendu d'experts privés employés par Claire Moirant. Nos experts ont étudiés tous les documents également ils estiment que malheureusement la fragilité de l'enfant a joué un rôle primordial et ne lui a pas permis de rester en vie. Nous sommes tous d'accord que le décès d'un enfant est tragique, mais là, nous sommes catégoriques et nos experts également nous n'avons rien à nous reprocher et le Corodophile ne doit pas être retiré de la circulation il aide trop de gens ! »

« Je ne sais pas… »

« Alex, ressaisis-toi, as-tu déjà entendu un scandale éclabousser Medisafe ? N'as-tu pas visiter nos laboratoires de tests en tout genre ? Ne fait-on pas extrêmement attention aux médicaments que nous développons ? Nous avons toujours fait en sorte de contribuer à la santé publique. »

« Et à gagner du fric… »

« Mais oui Alex, on doit gagner de l'argent, c'est comme ça que tout le système fonctionne ! Par contre on peut le faire intelligemment et j'ai la conviction que notre entreprise fait ce qu'il faut de ce côté-là. »

« Ouais, si tu le dis. »

« Oui, je le dis ! Claire Moirant est blindée, elle a plein de fric, elle a fait faire les tests qu'elle voulait bien faire à des laboratoires soit-disant indépendants qui appartiennent à des filiales de la grande industrie familiale que son père préside encore de loin ! »

« Et tu penses que Bastien est tellement stupide qu'il a plongé dans ses délires, puis moi tellement conne que je plongerai dans les tiens ! »

L'énervement se lisait dans ses yeux, s'entendait dans sa voix. N'en pouvant plus, elle se glissa sur la banquette et s'extirpa de là.

« Attends, reste s'il te plait. » chuchota Olivier en attrapant son bras.

Elle marqua un temps d'arrêt, accepta de s'asseoir au bord de la banquette le temps qu'il s'explique.

« Je comprends que ta vie soit bouleversée, que tu ne me crois pas mais regarde les choses en face. Tu t'es pris en pleine face le retour de son ex, une belle femme dont tu ne connaissais pas l'existence, Secretlife et les potentielles indifélités de ton homme. »

« Merci pour ce résumé de ma vie. »

« Ce que je veux te dire Alex, c'est que tu n'es pas seule. Nous voulons faire la lumière sur cette affaire. Nous souhaiterions que Bastien, qui est respecté de tous, soit épargné, mais je ne peux pas te le garantir, en revanche nous avons besoin de toi pour que ce ne soit pas tout Medisafe qui coule face aux attaques de cette folle. »

« Qu'attendez-vous de moi ? »

« Tu veux la vérité ? Ecarter Bastien de Claire Moirant, l'écarter si possible de Medisafe, le reste on s'en chargera. »

« Je ne sais pas ce que je vais lui dire ce soir… »

« Il sera sans doute fatigué du voyage, là il doit être au bureau alors tu feras déjà celle qui est surprise de le voir puisque tu ne t'y attendras pas. Ensuite tu prendras de ses nouvelles comme à ton habitude par exemple puis tu raconteras des choses insignifiantes sur ta formation. Il ne devrait pas faire long feu tu n'auras pas à broder. Ce week-end il faudra être forte. »

« Oui… »

« Ce que je te demande en revanche c'est de me faire un compte-rendu régulier de ce qu'il pourra te lâcher comme information, même quelque chose d'insignifiant pour toi pourrait être crutial pour nous. »

« Message reçu. »

« Allez, je t'invite à déjeuner. »

Alex n'avait pas faim mais elle se força à commander une salade de crudités tandis qu'Olivier opta pour un steak-frites. Elle le regardait manger furtivement, assaisonner ses frites de mayonnaise, le dégoût se lisait sur son visage mais Olivier ne la regardait pas à cet instant. Il l'écœurait, comment pouvait-il avoir faim alors qu'il venait de piétiner sa vie. Dans le fond, elle savait qu'il n'y était pas pour grand-chose mais elle avait encore du mal à en vouloir à Bastien. La simple idée qu'il ait pu la tromper sur sa vie entière lui provoquait des frissons dans le dos, alors imaginer qu'il l'ait trompé tout court lui donnait envie de vomir. Il s'arrêta net de manger alors que sa fourchette atteignait sa bouche.

« Ton assiette ne te convient pas ? »

« Si si, je n'ai juste pas très faim. »

« Désolé de tout engloutir ainsi mais je n'ai rien avalé ce matin, je suis affamé. »

« Fais-toi plaisir ! »

Les mots étaient là, le ton moins. Il prit le temps de regarder la mine inquiète et fatiguée qui trônait là juste de l'autre côté de la table, il avait envie de la rejoindre sur cette banquette et de la prendre dans ses bras, il avait envie de la consoler, d'être là pour elle maintenant, ce soir, demain, de l'emmener loin de ce bistrot... il enfonça la fourchette dans sa bouche pour arrêter ce flot de pensées qui ne le menait à rien. Il savait que c'était trop tôt, beaucoup trop tôt pour se livrer à un épanchement de sentiments aussi sincères soient-ils.

Alex tournait et retournait les tomates et carottes râpées puis finalement laissa la moitié de son assiette. Elle dû expliquer au serveur qu'elle n'avait pas faim, alors qu'elle n'avait aucune envie de se justifier.

« Olivier... Es-tu sur que Bastien m'a trompé avec son ex-femme ? »

L'embarras était grand à cet instant et le silence pesant.

« J'ai besoin de savoir Olivier, vraiment. J'ai besoin de savoir, tu comprends ? »

« Je ne sais que te dire. Tu as vu les documents comme moi, ils se sont vus de nombreuses fois mais nous ne les avons jamais surpris et n'avons jamais installé de dispositifs de surveillance dans leurs chambres d'hôtel ou logement respectifs. Si nous avions installé une caméra chez toi tu le… »

« Donc tu n'en sais rien, comme toutes ces autres personnes qui ont craché sur lui pendant trois jours et plus. »

« Je n'ai pas de certitude, juste des impressions. Mon instinct me trompe rarement. »

« Hmm… »

« Ca ne change rien à la mission qui m'a été confiée Alex, je préfèrerai te dire que ton compagnon est honnête, qu'il a des vœux pieux, que tout ira bien pour lui, pour toi, pour Medisafe, mais la vérité c'est qu'il est en train de plonger dans les délires de son ex-femme et peut être même dans son lit. »

« Merci… »

« Ouvre les yeux, juste ouvre les yeux. »

Le ton calme d'Olivier déstabilisait Alex.

« J'ai les yeux ouverts, grands ouverts, tellement ouverts que je n'en dors plus ! Je vais aller au bout, parce que je suis sure qu'il y a une explication à tout ça et que ce n'est pas celle que vous attendez tous. »

« Calme toi, s'il te plait ! »

Alex se recula sur la banquette, pris son verre d'eau et bu en signe d'apaisement.

« Mène ton bout de chemin Alex, jusque là où tu le souhaites, la seule chose que nous te demandons c'est d'être discrète. Peut-être qu'il n'y a rien, même si j'en doute, peut-être. Ce qui est sur en revanche c'est qu'il t'a menti, alors prends sur toi et mens lui à ton tour le temps de savoir ce qui se passe là-dessous. »

« OK. Bon j'attaque par quoi ? »

« Tu y vas doucement, ce soir tu le questionne un peu sur son voyage à New-York, s'il a vu des gens importants de Medisafe U.S, si ça peut l'aider pour sa promotion, s'il a fait la fête, si l'hôtel était bien… Tu peux même glisser un mot sur le petit déjeuner, bref tu poses des questions simples, les questions d'une femme qui a attendu toute la semaine que son homme rentre à la maison mais ne le brusque pas. »

« OK..»

« Tu commenceras à avoir les réponses qui t'intéressent dans un premier temps toi. Dans un second temps, je t'ai préparé un courrier anonyme que tu pourras lui brandir sous le nez un jour où tu seras passé prendre le courrier, il fait référence à Claire Moirant, peut être t'en dira-t-il plus… La seule chose que je te demande c'est de ne lui parler de tout ça que quand je te le dirai.»

« Tu as pensé à tout… »

« Il faut, tout est millimétré avec Bastien, il aurait été le premier à remarquer un faux pas d'un membre de notre équipe. C'est pour ça qu'il faut que tu sois prudente et respecte mes conseils, on ne peut pas se permettre un échec. »

« C'est vrai… mais vous êtes sacrément tordus dans votre bande. D'ailleurs explique-moi l'organisation de Secretlife s'il-te-plait ? Qui sont ces personnes que j'ai vu défiler dans l'appartement ? »

« Ils se sont présentés à toi sous une fausse identité, ce sont des membres de l'équipe, ils investiguent en permanence sur des profils que leur chef leur communique. La société a été créée par un ancien détective privé à son compte qui a décidé de se lancer dans un projet d'envergure en réinvestissant un important héritage dans Secretlife. Il a commencé par se constituer une équipe de proches collaborateurs, eux-aussi détectives, ils ont commencé à enquêter dans tous les sens sur des dirigeants de grandes entreprises, sur des bras droits, et j'en passe. »

« Quel était le but de mener des investigations sur des gens qui n'avaient rien demandé ? »

« Ils auraient pu les faire chanter, mais non, ils se sont rapprochés d'eux de manière simple, ils ont pris un RDV commercial en prétextant pouvoir être un fournisseur potentiel ou autre. Ils ont présenté les éléments recueillis, le plus souvent compromettants. Ils ont glissé ainsi des cartes de visites un peu partout et se sont fait connaître de personnes discrètes qui aimeraient le rester. Ils ont ainsi développé leur réseau et pris de l'ampleur. Aujourd'hui il y a une trentaine d'enquêteurs à temps plein dans cette structure. »

« Ah quand même… »

« Oui, plus tous les acteurs autour : ce ne sont jamais les détectives qui vont à la rencontre des clients afin de préserver leur identité au maximum et protéger la société. Il y a une cinquantaine de personnes qui travaillent d'une manière ou d'une autre pour Secretlife. »

« Ils ont approché Medisafe de la même manière ? »

« Exactement ! Hubert à tout de suite relevé un potentiel fort dans l'entreprise, et il a investi dans celle-ci. Secretlife s'est donc intéressé à tous ceux qui approchent Hubert Troudon de près dont Bastien. Ils ont remonté le filon Claire Moirant et voilà où nous en sommes aujourd'hui… »

Olivier fut interrompu par le serveur qui ramenait le dessert : café gourmand pour Olivier, tisane simple pour Alex. Elle regardait son téléphone avec un nœud au ventre, elle le savait il y avait une enveloppe en route pour le laboratoire à son attention et dans quelques heures elle saurait, enfin. Elle le regardait aussi pour savoir quand son cher et tendre daignerait lui donner des nouvelles. Alex était habituée à ses déplacements répétés et c'était faite à l'idée, avec difficulté néanmoins, que Bastien la laisse sans nouvelle plusieurs jours. Elle ne savait pas à cet instant si elle avait envie de sentir le vibreur s'actionner sous son doigt timide qui balayait l'écran, ou si elle préférait le silence et l'absence.

Vers seize heures, Olivier libéra Alex. Elle décida de marcher un peu, elle avait le temps. Elle traversa la Seine par le pont Mirabeau, qu'elle affectionnait particulièrement. Ce pont c'était un peu son repère, elle pouvait rester là à regarder la Seine des heures avec en fond La Tour Eiffel et la Statue de la Liberté. Elle se remémorait poèmes et chansons sur Paris, sur la Seine et sur ce pont qu'elle arpentait avec nostalgie. Juste au bout de celui-ci se trouvait une place où elle avait passé un temps infini à embrasser son amour de jeunesse sans vraiment réussir à le laisser rentrer chez lui. Cette place n'avait pas changé, elle n'avait rien d'exceptionnel, mais elle réchauffait son cœur engourdit par l'amertume des derniers jours. Elle poursuivit son chemin puis reprit la ligne 10 du métro en sens inverse, ne profitant même pas des sièges libres dans le wagon. Elle avait attendu plus de dix minutes sur le quai ne sachant sur quel pied danser, impatiente et inquiète à la fois, elle ne pouvait s'empêcher de poser la main sur son bas ventre comme pour se rassurer que tout irait bien. La nuit lui avait permis de conclure qu'avec ou sans Bastien cet enfant méritait d'avoir une belle vie et qu'elle se battrait pour lui. Elle regardait les stations défiler, les va-et-vient des gens sur les quais, puis se laissa porter jusqu'au terminus en repensant à sa vie. Elle monta les escaliers rapidement et s'éloigna de ce gouffre pour retrouver la lumière du jour. Elle marcha d'un bon pas jusqu'au laboratoire, espérant que ses résultats seraient arrivés.

Lorsqu'elle poussa la porte fébrilement, elle aperçu derrière le comptoir, sur une petite table près de l'imprimante un tas d'enveloppe qui s'amoncelait. Elle s'annonça à l'accueil et rapidement on lui remit son enveloppe. Sa main tremblait mais elle tenta de masquer son malaise en prenant ce précieux courrier, elle remercia la secrétaire timidement puis s'en alla en glissant le résultat dans sa sacoche.

Elle ne tarda par à arriver au pied de son immeuble, elle espérait secrètement que Bastien ne serait pas encore rentré. Elle fût donc soulagée de trouver du courrier dans la boîte aux lettres, signe qu'à priori il n'était pas encore passé par là. L'accueil chaleureux de Pistouille et le silence de l'appartement confirmèrent rapidement son absence. Elle jeta ses affaires dans l'entrée, se débarrassa de ses sandales avec élan, attrapa la lettre du laboratoire et la décacheta rapidement. Elle regarda les résultats mais à part des chiffres il n'y avait rien de marqué. Elle sortit sa précédente analyse de son trieur et constata qu'il y avait une petite évolution du taux, elle reprit espoir. Elle téléphona au cabinet médical et eut un rendez-vous avec son médecin pour le lendemain à la première heure. Elle préféra ranger ses analyses dans son agenda avant que Bastien ne rentre, c'était un chapitre qu'elle n'avait vraiment pas envie d'aborder ce soir.

Elle alla se laver les mains, puis décida de se délasser dans un bain. Après tout, elle l'avait bien mérité. Elle versa avec générosité du gel de bain pour créer une mousse abondante. Bastien ne tarderait sans doute pas à rentrer après un si long voyage plus sa journée de travail à Medisafe et elle n'avait pas envie que la moindre partie de son corps soit visible. Le poids du sommeil se fit vite sentir sur le visage d'Alex dont les paupières semblaient s'abandonner aux délicates senteurs de savon qui embaumaient la pièce. C'est dans cet état de somnolence accru qu'elle fut dérangée par le pas de course de Pistouille venu accueillir son maître. Alex eut juste le temps de réaliser que c'était le bruit de la clef dans la serrure qu'elle entendait que Bastien faisait déjà irruption dans l'appartement. La salle de bain se trouvait proche de l'entrée, Bastien ne tarda donc pas à voir le filet de lumière sous la porte.

« Bonjour chérie, je suis rentré ! »

« Bonjour. »

Alex se reprit rapidement, en se rendant compte du peu d'enthousiasme qu'elle affichait dans sa voix. Bastien débarqua dans la salle de bain sans tarder et vint l'embrasser.

« Quelque chose ne va pas mon amour ? »

« Si si ça va, je m'étais assoupie. »

« Je te laisse tranquille, je vais ranger mes affaires. »

Bastien sembla se contenter de cette explication, il tourna les talons. Alex détaillait l'allure de son homme depuis la baignoire : il était plutôt grand, en costume noir avec des chaussures parfaitement entretenues et vernies. Les fausses poches de son costume lui dessinaient des fesses de rêve et sa stature mince mettait le tout en valeur. Alex le trouvait beau et malgré toutes les dernières révélations qui lui étaient parvenues, elle ne pouvait s'empêcher de le trouver élégant. Sa petite barbe de trois jours faussement entretenue lui donnait ce côté charmeur et viril qu'elle appréciait tant chez les hommes. Elle avait eu le temps de remarquer son teint légèrement doré et ses cheveux châtains qui semblaient déjà présenter des reflets de retour de vacances. Ces dernières constatations lui permettaient de vite se remettre en conditions : quand on reste enfermé dans un hôtel pour des réunions on n'a pas le temps de prendre le Soleil. Elle avait envie de lui sauter au cou, mais pas pour l'embrasser cette fois. Elle se laissa couler dans son bain.

A pile ou face

Alex finit par sortir de son bain quelques instants plus tard, elle s'enferma dans la chambre en peignoir le temps de se changer et d'enfiler un pyjama léger mais couvrant. Elle inspira profondément assise sur le bord du lit avant d'aller étendre son linge dans la salle de bain. Bastien était installé dans le canapé avec Pistouille tout en savourant un verre de vin rouge. Il l'entendit arriver et passa la tête par-dessus la têtière.

« Alors qu'est ce que tu racontes ? Viens te poser près de moi. »

« Rien de spécial, ma formation se finit demain mais on a bien avancé alors on a finit un peu plus tôt que prévu ce soir. »

« Super, ça raconte quoi ? »

Alex le regarda en souriant :

« J'apprends à définir et catégoriser les gens enfin les clients. On analyse différentes personnalités pour savoir adapter notre langage à notre interlocuteur, c'est passionnant tu sais. »

Il ajouta en riant :

« Je sens que je vais devoir faire attention à toutes mes postures et à toutes mes paroles. »

« Tu ne crois pas si bien dire. »

Le regard en coin, Alex se trouvait de plus en plus actrice de sa propre vie, elle pensa très fort que sa vie était devenue un grand jeu de plateau et qu'il fallait qu'elle arrive jusqu'à l'oie en évitant de tomber sur les mauvaises cases.

« Et toi ton voyage à New-York ? Tu dois être épuisé ! »

« Oh oui, je suis bien fatigué, ce foutu décalage horaire me rend dingue à chaque fois. Je suis rentré plus tôt, la dernière réunion a été finalement annulée, j'ai eu de la chance ! »

« Tu aurais pu me prévenir que tu rentrais ce soir. »

Sa voix était douce, elle n'avait pas chancelé, rien.

« Je voulais te faire la surprise mais c'est raté, tu n'avais pas l'air étonnée de me voir. »

« Avec toi tout est possible, je ne m'étonne plus de rien. Il va falloir innover très cher. »

Le ton de la plaisanterie qu'Alex employa désamorça toute interrogation supplémentaire. Elle en profita pour s'engouffrer dans la brèche :

« Et alors New-York ? Raconte un peu ! »

« Le train-train, comme à chaque fois que j'y vais, des réunions interminables... »

« Dans un super hôtel avec spa, masseuses et p'tit dej gargantuesque ? »

« Oui, c'est vrai, sauf pour les masseuses, c'est Robert qui était disponible...alors non merci.»

« Tu as bien mangé au moins ? »

« Tu me parais bien inquiète de mon bien-être en déplacement tout à coup. Bien sur que j'ai bien mangé, tu me connais, je ne saute jamais un repas ! »

« C'est vrai. » conclut-elle avec le maximum de conviction et de tendresse qu'elle pouvait mettre dans sa voix en cet instant.

Bastien la serra dans ses bras, tout en allumant la télévision. Alex ne tarda pas à se lever faisant mine d'aller préparer le dîner. Elle ouvrit la fenêtre de la cuisine, elle était à nouveau prise de nausées, mais elle était intimement persuadée que ce soir là, la grossesse n'y était pour rien. Elle prépara un gratin dauphinois, et tandis qu'elle épluchait les pommes de terre elle alla jeter un œil dans le salon où Bastien et Pistouille s'étaient assoupis l'un contre l'autre. Les ondes de ses larmes venaient perturber sa vue, elle se réfugia côté cuisine et saisit dans le congélateur un sachet de julienne de légumes qu'elle prépara pour accompagner son gratin.

Quelques instants plus tard elle alla vérifier que Bastien était toujours assoupi puis se dirigea discrètement vers l'entrée. Elle se motiva à trier le linge sale pour préparer la machine de la nuit, et alla farfouiller dans la valise de monsieur en quête d'une ou deux chemises, chaussettes et boxer en vrac qui pourraient rejoindre le tambour. Elle avait une idée derrière la tête à cet instant précis alors qu'elle remuait le linge propre, le linge sale, la trousse de toilette, une seule idée la travaillait : trouver un indice de la double vie de Bastien qui le mettrait au pied du mur. Elle inspecta les cols de chemise, sans trouver la moindre trace de rouge à lèvre ou de parfum, puis son pull bleu marine à la recherche d'un cheveu ou d'une odeur. Rien, elle ne trouva rien.

« Chérie ? »

« Oui ? »

Elle se hâta tout en répondant de poser le linge propre de manière à peu près rangée à côté de la valise et de mettre en tas le linge sale. Bastien la retrouva tandis qu'elle terminait de programmer la machine à laver pour la nuit.

« Tu aurais dû me laisser faire, tu n'as pas besoin de trier mon linge tu sais. J'ai envie de passer du temps avec toi, tu m'as manqué pendant ces quelques jours. »

Il caressait son ventre tout en ajoutant :

« Tu vas faire de moi un père, je n'en reviens toujours pas ! »

Elle se laissa embrasser puis se dégagea rapidement en glissant quelques mots avant de rejoindre la cuisine :

« Tu as l'air tellement fatigué. Je vais voir le repas, il doit être bientôt prêt. »

Il resta là quelques instants à la regarder s'enfuir de ses bras. Il finit par déduire que la grossesse et surtout les hormones jouaient de drôles de tours sur les humeurs de sa femme. Un sourire se dessina sur son visage tandis qu'il referma la porte de la buanderie. Il alla terminer de ranger ses affaires puis se décida à mettre le couvert pendant qu'Alex était toujours en cuisine.

Alex sentit son téléphone vibrer dans sa poche, elle le saisit et regarda qui pouvait la contacter à cette heure tardive. C'était Olivier, elle décrocha et fit mine de le saluer. Il déduisit que Bastien était déjà au domicile et se contenta de prendre des nouvelles de la formation   fictive tout en glissant quelques informations pour la journée du lendemain. Elle ne releva pas à haute voix le rendez-vous du lendemain même lieu même heure et se contenta simplement de conclure par ces quelques mots :

« C'est intense mais intéressant, vivement le week-end tout de même. Je ne te cache pas que je suis un peu fatiguée. Merci de ton appel et pas de souci pour l'offre au client tu peux y aller ! On se voit lundi prochain pour faire le point, a bientôt. »

Elle raccrocha soulagée d'avoir surmonté cette épreuve du mensonge supplémentaire, puis regarda derrière elle tandis qu'elle continuait à remuer les légumes dans la poêle avec sa spatule en bois. Elle fut d'autant plus soulagée que Bastien n'avait à priori pas fait son apparition pendant sa conversation et qu'elle n'avait pas à se justifier d'avoir eu son responsable à cette heure.

Elle mit la table aidée de Bastien, puis ils s'installèrent autour du plat à gratin fumant sur le dessous de plat. Bastien servit une belle portion à Alex qui ne tarda pas à échanger les assiettes, finalement elle n'avait pas si faim que ça et devoir jouer ce petit rôle lui coupait carrément l'appétit.

Le début du repas se déroula calmement, Pistouille était venu s'installer confortablement sur les genoux d'Alex. Bastien revint rapidement sur la formation d'Alex en lui demandant des détails sur ses journées. Alex, suspicieuse ne pouvait s'empêcher de penser qu'il avait remarqué quelque chose dans son attitude.

« Tu veux que je te montre mon fascicule ? Tu as peut être besoin d'apprendre à analyser tes collaborateurs ! »

Elle plissa légèrement les yeux et lui adressa un sourire moqueur.

« Je te remercie, mais je vais me contenter de la liasse de documents et contrats que j'ai à analyser, mais si j'ai besoin d'un avis d'expert je viendrai vers toi. »

« Entendu chef ! Mais bon, je note un ton légèrement sarcastique dans votre bouche sur le mot expert. »

Le dîner se poursuivit dans la joie et la bonne humeur, aucun faux pas n'était décelable dans l'attitude d'Alex, elle caressait Pistouille régulièrement comme pour se décharger de tout le stress qui l'envahissait. Dès que le fromage fut englouti, elle se hâta de débarrasser les assiettes. Bastien, épuisé alla se coucher rapidement tandis qu'Alex s'occupa de charger le lave-vaisselle et de nettoyer la table. Elle s'installa sur le canapé, et ne put s'empêcher d'écrire un SMS à Pierre pour prendre de ses nouvelles, persuadée qu'il la comprendrait. Elle resta installée dans le salon pendant un long moment en prenant soin de supprimer tous les SMS qui lui parvenait de son ex-compagnon. Elle finit par s'endormir sur le canapé devant la télévision sans même savoir quel programme elle avait regardé.

Alex se réveilla vers quatre heures du matin, elle mit un instant à réaliser que Bastien dormait, seul, dans la chambre. Elle alla se désaltérer puis se glissa dans les draps discrètement. Elle ne parvint pas à se rendormir, elle somnola, tout au plus, en attendant que le réveil de Bastien la délivre de cette situation. Bastien s'éveilla à six heures, difficilement, sous les bips stridents qui traversaient la pièce, il laissa retomber son bras lourdement sur le dessus du réveil pour le faire taire puis enlaça Alex qui n'osait bouger pour le moment.

« Bonjour chérie »

Bastien avait chuchoté ces quelques mots dans un demi-sommeil. Alex prit sa plus petite voix pour lui répondre. Il balada ses doigts sur l'épaule gauche d'Alex, qui faisait face à la fenêtre, tout en lui embrassant la nuque. Alex ne manqua pas de deviner où Bastien voulait en venir mais elle ne se sentait pas capable de pouvoir pousser la comédie à ce point. Elle s'excusa puis se leva brusquement en faisant mine de courir aux toilettes.

Ce matin là, elle vomit pour de bon, le plus discrètement possible. Elle était persuadée qu'encore une fois ce n'était pas la grossesse qui se manifestait mais bel et bien son écœurement de la situation. Elle pleura quelques instants avant de se rafraîchir le visage.

Bastien était déjà dans la cuisine en train de se préparer un café. Elle s'excusa, il la prit dans ses bras, l'air sincèrement désolé pour elle. La nuit n'avait pas porté conseil à Alex, à cet instant elle aurait juré qu'il ne pouvait être qu'honnête et fidèle. Elle se serra fort contre lui, malgré elle, elle restait cramponnée à cet homme dont elle ne savait plus que penser, celui qui représentait jusqu'à présent son pilier.

Elle but son café à la hâte puis se prépara. Bastien lui proposa de la déposer sur son lieu de formation, ce qu'Alex refusa prétextant préférer s'aérer un peu par des températures si douces. Alex aimait marcher dans Paris, ce n'était pas une nouveauté et ne surprit donc pas Bastien.

Elle avait toujours aimé arpenter les trottoirs parisiens à la recherche d'ombre ou de soleil, à la recherche de la pluie froide sur sa peau ou d'un store de commerçant qui pourrait l'abriter temporairement. Elle aimait ce mélange de bruits qui ne s'accordaient pas entre eux, des klaxons aux sirènes des secours, des femmes pressées en talons aux jeunes qui animent les rues par leurs jeux et leurs débats en tout genre. Alex aimait cette vie à cent à l'heure, elle aimait sortir ses lunettes de Soleil dès l'arrivée du printemps, regarder les amoureux qui s'enlacent ici et là, s'arrêter sur un pont pour regarder la Seine et tenter de suspendre le temps. Parfois, lorsque ses rendez-vous le lui permettaient, elle prenait le temps de s'arrêter dans un parc en fin d'après-midi pour apprécier la douceur d'une saison posée sur un banc. Elle dévorait des romans, et laissait filer le temps.

Ce matin là, Alex ne marcha pas à l'ombre des arbres, elle avait attendue que Bastien quitte le domicile pour se rendre plus discrètement chez son médecin. Elle emporta avec elle les résultats des analyses bien qu'elle était persuadée qu'il avait déjà pu les consulter et se faire un avis. Lorsqu'elle arriva au cabinet, elle réalisa que le siège de la secrétaire était vide et que son médecin se chargeait de l'accueil. Elle était la seule patiente à cette heure matinale et cela ne faisait qu'augmenter le degré d'anxiété qui l'habitait. Il l'accueillit de manière professionnelle et détachée puis l'invita à s'installer dans son bureau. Ses jambes semblaient se dérober, elle tremblait légèrement mais tentait de garder une certaine contenance en attendant le verdict. Face à elle, il s'installa dans son énorme fauteuil noir, ajusta ses lunettes puis se plongea dans les deux bilans sanguins. Il l'invita, à passer dans la petite salle pour réaliser une échographie complémentaire et pris soin d'essuyer son ventre une fois les clichés édités. C'est l'air grave qu'il s'adressa à elle :

« Madame Saboti, mon échographe n'est pas des plus performants mais je crains que votre grossesse ne se soit arrêtée. »

« Mais…qu'est ce que j'ai fait ? »

« Rien, absolument rien, vous n'avez rien fait de mal, c'est la nature qui a joué son rôle. Souvent, cela signifie que le fœtus n'était pas viable, c'est la nature rien d'autre. Mais écoutez moi, il faut que je vous parle de ce qui vous attend. »

Alex ne disait rien, il lui tendit une boîte de mouchoirs, et la laissa reprendre son souffle avant d'enchainer.

« J'ai contacté hier soir, par précaution, un confrère spécialisé en gynécologie qui exerce à Saint-Joseph, vous avez un rendez-vous pour lundi matin. A l'issue de ce rendez-vous si mon diagnostique est confirmé, il vous programmera sans doute une intervention qu'on appelle un curetage pour éliminer toute trace de la grossesse afin que votre corps puisse se remettre et envisager par la suite, quand vous serez prête, une nouvelle grossesse si vous le souhaitez. Vous serez surement arrêtée quelques jours, peut être hospitalisée s'il y a des complications mais vous verrez avec le Dr Darche. »

Alex écoutait à moitié, son médecin lui nota l'adresse, l'heure et le nom du praticien qu'elle devait rencontrer. Il alla lui chercher un verre d'eau, elle le remercia, but une gorgée et reposa le verre sur le bord du bureau. Elle espérait déjà que le médecin qui la recevrait lundi entretiendrait cette petite flamme intérieure, cet espoir qui ne pouvait s'éteindre ainsi.

Elle sécha ses larmes, remercia son médecin de l'avoir reçue si facilement. Elle lui tendit sa carte vitale, il refusa et ne souhaita pas lui faire payer la consultation, gênée elle balbutia quelques mots puis s'en alla. Elle se remaquilla brièvement dans l'ascenseur puis dans le grand miroir du hall de l'immeuble avant de sortir la tête haute et de s'engouffrer dans la bouche de métro.

Elle arriva juste à l'heure pour son rendez-vous avec Olivier, elle eut du mal à lui cacher les dernières nouvelles et il semblait sincèrement affecté par la situation de sa jeune protégée. Il lui conseilla de ne pas poser de jour de congé le lundi mais simplement de prendre sa voiture de fonction pour se rendre à son rendez-vous médical afin que personne ne puisse soupçonner quoique se soit. Elle pleura quelques minutes puis se ressaisit afin de discuter avec Olivier sur les menus échanges qu'elle avait pu avoir avec Bastien la veille.

La conclusion de cet entretien à cet instant aurait pût être : rien de neuf sous le Soleil. Non rien, mais elle ne pouvait pas se contenter de dire ça à Olivier qui semblait compter sur elle. Le téléphone d'Olivier sonna, il fixa l'écran, s'excusa puis se dirigea vers l'extérieur du café en demandant un café au serveur qui s'approchait de leur table. Alex commanda un Perrier avec une rondelle de citron. Olivier semblait agité à l'extérieur à en croire sa gestuelle. Alex aurait bien aimé se trouver en terrasse pour l'écouter, elle sortit son Smartphone et se mit à jouer pour canaliser ses pensées et se concentrer sur quelque chose de complètement inutile. Le serveur glissa les consommations sur la table, puis s'en alla sans même avoir fait sourciller Alex, toujours plongée dans son téléphone. En revanche Olivier fût moins discret à son retour, il semblait préoccupé.

A peine attablé, il remit le sujet de Bastien sur la table, de manière plutôt élégante vis-à-vis d'Alex, il commença par quelques questions simples sur son retour, sur le petit jeu qu'elle avait du jouer, il semblait vraiment soucieux.

« Tout va bien Olivier ? »

« Oui oui, bien sur, un rapport que j'ai oublié de rendre au chef et tu sais comme je déteste être en retard dans mon administratif. »

Alex n'en savait rien mais soit, cette réponse semblait être convaincante. Elle raconta brièvement le retour de Bastien, la soirée, la tentative de questionnement qui a échoué, la peur qu'il se doute de quoique se soit. Olivier la rassura sur ce point, il ne pouvait se douter de rien, elle ne devait pas douter d'elle.

Il enchaîna rapidement sur la manière dont Alex allait gérer la suite, elle était hésitante, un peu perdue, elle avait l'impression qu'Olivier essayait de piloter sa vie et cela la dérangeait. Elle s'engagea à l'appeler pour le prévenir des différents déplacements professionnels ou personnels en solitaire. Olivier constata alors qu'elle était impliquée et déterminée et cela le rassura.

« Tu sais Alex, jusqu'à maintenant, j'avais cette crainte que tu ne racontes tout à Bastien. Je te remercie pour la confiance que tu m'accordes aujourd'hui. »

« J'ai besoin de comprendre Olivier, de tout comprendre pour avancer. »

« J'imagine que ce n'est pas évident pour toi, entre Bastien et... »

Il s'arrêta net. Elle préféra boire son verre plutôt que de répondre, il se réfugia dans son téléphone comme si celui-ci venait de vibrer.

« Cet après-midi, je t'emmènerai rencontrer une partie de l'équipe Secretlife dans les bureaux. »

Surprise, elle leva les sourcils avec un petit sourire plein de curiosité.

« Les bureaux officiels ? »

Elle ne pût s'empêcher de lâcher cette phrase avec une pointe de moquerie dans la voix. Il ria tout en hochant les épaules.

« Je ne répondrai pas à si petite attaque. »

C'est la première fois qu'elle souriait vraiment depuis son réveil. Ils déjeunèrent rapidement mais dans la bonne humeur puis Olivier l'invita à le suivre.

Ils traversèrent la Seine puis s'enfoncèrent dans le XVIème arrondissement, elle le suivait sans vraiment regarder où elle allait, elle passa le trajet à lui poser des questions sur l'organisation de la société, les gens qu'elle allait rencontrer. Il s'arrêta subitement devant un immeuble des années soixante-dix qui dénotait un peu à côté des grandes rues haussmanniennes.

« Nous y sommes. »

Alex leva les yeux, entre les rayons du Soleil et la hauteur du bâtiment elle manqua de perdre l'équilibre. Tandis qu'Olivier se dirigeait vers l'interphone, elle regarda les plaques accrochées à la façade. Elle fût surprise du nombre d'entreprises, de cabinet en tout genre qui étaient présents ici, mais surtout de ne pas voir l'enseigne Secretlife accrochée. Elle pensa qu'ils aimaient préserver leur discrétion coûte que coûte.

« Nous nous sommes installés au dernier étage de l'immeuble, ça évite de rencontrer trop de gens car il y a beaucoup de va-et-vient aux premiers étages. »

« D'accord, d'accord. »

Ils s'engouffrèrent dans l'ascenseur qui les amena jusqu'au huitième étage. Alex pénétra alors, précédé d'Olivier dans un gigantesque open-space avec une terrasse à couper le souffle. Elle pensa tout haut qu'il ne manquait que la vue sur la Tour Eiffel. Olivier la regarda.

« On a des bureaux plutôt sympas c'est vrai. »

« Il faudrait être difficile pour ne pas aimer ce cadre de travail ! »

« Ca pourrait devenir le tient ! »

Alex ne sut que répondre, elle aperçut Simon et Valérie au travers de la baie vitrée mais ne savait pas comment les désigner. Olivier remarqua son malaise, il l'a pris par le bras.

« Suis-moi ! »

Elle n'eut d'autre choix que de suivre la cadence des pas de son chef. Elle découvrit ses interlocuteurs d'un jour sous un nouvel angle : Pierre et Sophie. Ils avaient l'air beaucoup plus décontractés, surtout Sophie qui avait laissé sa tenue stricte au placard. Elle les salua puis tous se dirigèrent dans la salle de réunion où deux autres personnes étaient installées. Elle découvrit ainsi Patrick et Chantal, tous deux détectives. Elle s'était toujours demandé à quoi pouvait ressembler un détective, la réponse était plutôt simple, ceux-là ne ressemblaient à rien de spécial.

La salle était organisée en U, elle prit place face à Patrick et Chantal tandis que Pierre et Sophie s'installèrent face à Olivier qui présida cette petite assemblée debout devant eux. Ils les invita à faire un tour de table pour se présenter, puis ensuite Patrick et Chantal expliquèrent à Alex qu'ils avaient travaillés longuement sur le cas de son conjoint et que c'étaient eux qui avaient menés toutes les investigations y compris pendant ses voyages.

Alex était face à eux comme une petite fille intimidée, elle ne savait que faire de ses mains, agitait son pied sous la table, et se contentait de les écouter parler. Olivier lui expliqua qu'ici se tenait une réunion mensuelle sur différents cas et qu'aujourd'hui il avait été décidé de faire un point sur l'affaire Claire Moirant.

Patrick semblait fatigué, il baillait sans cesse. Alex se demanda s'il était à New-York ces derniers jours. Elle ne fut pas surprise quelques minutes plus tard alors qu'il prenait la main de découvrir de nouveaux clichés. L'emploi du temps de Bastien et de son ex-femme avait été passé à la loupe. Olivier interrompit Patrick rapidement.

« Alex excuse nous si ces images te dérangent, mais nous avons pour habitude de tout mettre sur la table. D'autre part, inutile de questionner Patrick ou Chantal sur la partie personnelle des déplacements de Bastien ou Claire, cela ne les regarde pas et ne les intéresse pas. Leur unique but est de ramener des éléments intéressants pour notre enquête, point. »

Elle acquiesça un peu décontenancée par tant de froideur dans les propos d'Olivier, ils semblaient d'ailleurs tous un peu surpris de cette vive interruption inhabituelle. Il était inhabituel d'accueillir des étrangers ici, et Alex en était une. Cet après-midi était donc inhabituelle, point.

Patrick reprit la parole et exposa quelques faits : des retrouvailles, des réunions, les réunions professionnelles de Bastien, les personnes présentes, les lieux. Alex absorbait chaque parole et tentait d'en retenir un maximum puisqu'Olivier lui avait demandé de ne rien noter et de ne pas prendre de photo. Alex avait néanmoins une question :

« Qui le surveille en ce moment ? Qui me surveillait et me surveille le reste du temps où il est absent ? »

Olivier intervint sans lui laisser le temps de poursuivre.

« Alex, soit raisonnable, tu sais bien que nous ne pouvons pas tout te dire. »

« Je croyais qu'on travaillait dans la confiance. »

Elle se renferma puis attendit la fin de leur dite réunion dont elle ne comprenait pas vraiment l'intérêt de sa présence ni son existence. A la fin, Olivier libéra toute l'équipe, il s'éclipsa vers les toilettes et Sophie s'approcha d'Alex.

« Je sais que j'ai été désagréable avec toi l'autre jour, excuse-moi. »

« C'est oublié ! »

« Merci, tu sais Olivier a un bon fond mais en ce moment il est un peu tendu. On nous rabâche beaucoup de choses sur la confidentialité de nos opérations… c'est pour ça qu'il a vivement réagit, mais on ne te veut aucun mal, vraiment. »

« O.K, message reçu… »

Elle salua la petite assemblée puis s'en alla sans même attendre le retour d'Olivier. Il la rattrapa dans la rue alors qu'elle se dirigeait vers le métro.

« Alex ! Alex ! Attends-moi ! »

Elle se retourna, surprise. Il arriva à sa hauteur.

« Je suis désolé, je ne pouvais pas t'en dire plus devant eux. Je suis soumis à des règles, je dois rendre des comptes… »

Il l'attrapa par les bras après avoir lâché sa sacoche par terre.

« Je suis avec toi Alex, vraiment, je veux juste qu'on fasse la lumière sur tout ça, que ça s'arrête, je ne veux pas te blesser dans l'histoire. »

Alex ressentait un malaise, elle se demandait s'il la draguait, s'il était juste sincère ou ce qui lui traversait l'esprit. Elle se dégagea calmement.

« J'ai compris Olivier, je te dirai ce que je sais. Il n'y a pas de raison que nos rapports changent, nous sommes des adultes, nous savons dialoguer même dans le désaccord, n'est ce pas ? »

« Tout à fait ! »

Un sourire illuminait son visage, il emboîta le pas d'Alex puis la raccompagna jusqu'au métro. Il lui souhaita un bon week-end, et surtout du courage pour l'épreuve personnelle supplémentaire qu'elle devrait affronter sous peu. Elle appréciait sa présence et son soutien, tous ses chefs n'avaient pas forcément eu une attitude aussi prévenante envers leurs équipes.

Cette descente souterraine la replongea dans ses soucis personnels, Bastien n'avait pas quitté ses pensées de la journée et ce petit être auquel elle avait envie de croire plus que tout la préoccupait plus que tout. Elle réalisa à quel point cela la soulageait un peu de pouvoir échanger avec son responsable, elle n'était pas toujours d'accord avec ses paroles ou ses méthodes mais là, à ce moment précis de sa vie, elle savait qu'elle pouvait compter sur lui.

La demi-heure de métro en cette fin d'après-midi fut fructueuse : elle allait agir, il fallait faire bouger les choses dans son quotidien dès maintenant. Tout perdre ou se perdre, aucune option ne la satisfaisait. Pourquoi jouer à pile ou face quand on sait que le résultat nous décevra ?

Temps mort

Alex était une nouvelle fois arrivée avant Bastien. Elle consulta son téléphone et découvrit un SMS qu'il lui avait envoyé quelques instants plus tôt :

Bonsoir mon cœur, ne m'attend pas si tu as faim ce soir, je suis coincé à une réunion imprévue. Je rentre dès que possible. Bisous

Sidérée, elle resta plantée devant sa boîte aux lettre ouverte quelques instants avant de secouer la tête, saisir les publicités qui trainaient là depuis une semaine, et de monter énergiquement les étages. Arrivée devant sa porte, avant même de l'ouvrir elle prit le temps de lui répondre.

O.K, j'aurais aimé te voir. Dommage. Bisous

Elle hésita à l'envoyer, puis sans le vouloir vraiment tandis que son téléphone lui échappa dans son sac, le message partit.

« Au moins, c'est clair comme réponse.. »

Elle parlait seule tout en ouvrant sa porte. Pistouille faisait déjà le pied de guerre dans l'entrée depuis un moment, il reconnaissait le pas de sa maîtresse dans les escaliers et était impatient de la retrouver.

Elle reprit son petit rituel, jeta sa sacoche par terre, ses chaussures, caressa son chat puis alla s'installer dans le canapé. Elle resta les yeux dans le vide, les genoux fléchis, les mollets collés contre ses cuisses à contempler la petite branche d'arbre dehors qui s'agitait sous le battement d'ailes d'un moineau.

Elle leva les yeux et son décodeur lui indiquait qu'il était l'heure de dîner, elle n'avait pas faim. Elle retourna chercher sa sacoche pour la ranger convenablement, mais avant elle prit le temps de regarder le fameux courrier anonyme préparer par les petites mains d'Olivier. L'enveloppe était adressée à son attention en lettre majuscule parfaitement maîtrisées. Chaque lettre semblait avoir été écrite à la règle sur une ligne au crayon de papier.

Elle déchira l'enveloppe et découvrit :

Bonjour Alexandra,

Connaissez-vous vraiment l'homme avec qui vous vivez actuellement ?

Connaissez-vous Claire ? Claire Moirant ? Qui est-elle ? Que fait-elle dans votre vie ?

Louise Moirant, l'ange, veille sur vous.

Alex ne savait que penser de ce courrier, la dernière phrase lui serrait le cœur. Elle le rangea dans son agenda. Elle avait trop de choses à aborder avec Bastien, elle se demandait quel serait le bon moment. Y-a-t-il un bon moment pour aborder ce genre de chose ? Elle se remémorait les paroles d'Olivier, il fallait qu'elle l'informe, qu'elle attende ses consignes...elle ferma son agenda bruyamment puis le remis à sa place.

Elle s'installa par terre, adossée à son lit, et déversa toutes les larmes de son corps pendant de longues minutes. Elle confia à Pistouille entre deux sanglots, tandis que celui-ci se frottait à elle :

« Tu as raison, je ferai mieux d'arrêter de pleurer avant de faire gondoler le parquet, mon gros chat »

Pistouille ronronna de plus belle en recevant quelques caresses. Alex se ressaisit, se rafraîchit le visage puis s'installa devant la télévision. Elle zappa de chaîne en chaîne, de jeux télévisés en téléréalités sans rien trouvé d'intéressant. Elle laissa tourner dans le vide une émission débile et se plongea sur les réseaux sociaux sur son smartphone. Elle n'avait même pas envie de préparer à manger, l'appétit n'était pas au rendez-vous pour le moment. Elle coupa le son de la télévision et appela Olivier pour l'informer que Bastien était en réunion, leur échange fut bref, elle n'avait pas le cœur à s'étendre. Elle désactiva ensuite son répondeur d'absence en pensant au lundi : le travail, les clients, Olivier, Bastien, sa grossesse.

Elle laissa rouler quelques larmes sur ses joues, dans le plus grand silence. Elle se décida tout de même à décrocher quand le nom de Pierre s'afficha sur l'écran. Elle n'osa pas raconter grand-chose se demandant si Pierre était seul ou bien s'il y avait du Olivier derrière cet appel. Elle se contenta de parler vaguement de sa grossesse, de ses doutes envers Bastien. Elle mit un terme rapidement à la conversation prétextant le retour proche de son homme tout en lui souhaitant un excellent week-end.

Il était quasiment dix-neuf heures, elle se décida à préparer le dîner, sans savoir si Bastien mangerait en rentrant. Elle fit cuire des pâtes, une valeur sûre. Vingt minutes plus tard, tandis qu'elle égouttait des tagliatelles parfaitement cuites, il lui sembla entendre un bruit de clef dans la serrure. Elle vit Pistouille s'enfuir en direction de l'entrée et comprit que Bastien était déjà là.

« Coucou chérie ! »

« Coucou, je suis dans la cuisine. »

Bastien ne tarda pas à la rejoindre, sans même avoir desserré son nœud de cravate. Il arriva derrière elle pendant qu'elle tenait encore la passoire et la serra dans ses bras en l'encerclant par la taille. Il ne manqua pas de remarquer les yeux encore rouges et marqués par les larmes lorsqu'il voulut l'embrasser. Inquiet, il la força à reposer ses ustensiles de cuisine et l'enlaça.

« Que se passe-t-il mon cœur ? Ca ne va pas ? Je suis désolé de rentrer tard ce soir... »

« Bastien, arrête... ça n'a rien à voir. »

« Qu'y-a-t-il ? »

Sa voix tremblait à présent et Alex aurait voulu figer ces instants, bien que douloureux. Elle avait l'impression que Bastien était là avec elle, qu'avec elle et que ses pensées étaient uniquement pour elle. Elle avait l'impression que son inquiétude était sincère et ça, malgré tous ces malheurs, lui réchauffait un peu le cœur.

« Réponds moi Alex, je t'en supplie, que se passe-til... ? »

Alex sanglotait dans ses bras. Elle trouva la force de croiser son regard.

« J'ai rendez-vous lundi matin à l'hôpital Saint-Joseph... »

Elle ne parvint pas à continuer son récit, Bastien devenait de plus en plus pâle.

« Toi ? Le bébé ? Parle-moi s'il te plait... »

L'émotion était palpable dans sa voix, il caressait les cheveux d'Alex tandis qu'elle tentait de lui parler.

« Oui, la grossesse s'est sans doute arrêtée. »

Elle se laissa tomber à genoux sur le carrelage de la cuisine. Bastien l'aida à se relever et l'entraîna sur le canapé, quelques larmes se dessinaient au coin de ses yeux. Alex les remarqua mais fit mine de ne rien voir, reposant sa tête sur l'épaule de son capitaine sur qui elle comptait plus que jamais pour affronter la tempête.

« Je ne supporte pas cette idée Bastien, ce n'est pas possible... ce n'est pas possible... »

Bastien lui demanda de reprendre depuis le début. Alex lui raconta, les prises de sang, le doute du médecin, l'envoi vers un confrère spécialisé...

« Attendons un deuxième avis alors. J'ai envie d'y croire ! »

Bastien la serra encore plus fort dans ses bras.

« Moi aussi » murmura Alex en guise de réponse.

Ce soir là, le repas eut le temps de refroidir dans la cuisine où tout avait été laissé en plan. Plus personne n'avait faim. Alex et Bastien restèrent tous deux lovés dans le canapé, sur un fond de musique classique. Alex ruminait les événements des derniers jours, elle ne pouvait s'empêcher de penser que le Bastien qu'elle avait à côté d'elle ne pouvait pas être le même que celui qu'on lui a décrit pendant tout ce temps.

Pistouille était couché sur le tapis juste à leurs pieds, Alex, une main posée sur son ventre avait envie d'espérer qu'un miracle était encore possible pour ce petit être qui l'habitait. Bastien semblait terriblement affecté par la nouvelle.

« Lundi, je serai là, près de toi. »

Bastien lâcha ces quelques mots le plus calmement et posément possible. Elle apprécia ces paroles et se blottit un peu plus fort contre lui. Il resta assis, elle s'allongea, la tête posée sur les jambes de son homme, il lui caressa les cheveux longuement en lui répétant qu'il l'aimait. Elle pleura encore peu, puis se calma sous l'effet apaisant de ses caresses. Ils s'endormirent ainsi dans le silence du soir, blottis l'un contre l'autre. Bastien, qui parfois s'éveillait n'osait bouger de peur de réveiller Alex, qui selon lui avait grand besoin de se reposer.

Lorsqu'Alex se réveilla, le jour traversait le salon à traversait le salon et apportait une lumière tamisée par les voiles qui protégeaient la baie vitrée. Elle se redressa péniblement et regarda Bastien d'un œil curieux, il était là habillé, assis et l'air passablement fatigué.

« Oh je suis désolée, je t'ai empêché de dormir… » Elle se retenait presque de rire.

« C'est rien chérie, c'est rien… »

« Va te poser au lit, je t'apporte un café si tu veux. »

« C'est gentil, tu me rejoins ? »

« Ah non, pas ce matin, je retrouve Flora pour un café tout à l'heure, je vais aller me préparer. »

« Dac'. Après on passe le week-end ensemble quand même ? »

« Promis. »

Il l'embrassa sur le front, pris sa tablette et alla s'installer dans le lit. Alex se demanda face à qui elle était : le meilleur menteur, le plus beau comédien ou simplement un compagnon aimant qui n'avait rien à se reprocher ? Elle resta debout, immobile pendant quelques instants devant la cafetière qui était en train de chauffer puis fit couler un long café à Bastien. Elle avait choisi une grande tasse qu'ils avaient achetée ensemble lors d'une escapade en amoureux à Londres.

Cinq minutes plus tard, elle entrait dans la chambre avec le café et des biscuits fait pour le petit-déjeuner. Il posa tout sur la table de nuit et câlina Alex tendrement en ne cessant de murmurer

« Ca va aller mon amour, tu sais, je suis là, ensemble on s'en sortira. »

Alex l'embrassa furtivement et s'enferma dans la salle de bain où elle pleura encore un peu. Elle n'arrêtait pas de penser. Deux options s'offraient à elle : soit elle était en couple avec le pire des enfoirés, soit avec l'homme le plus merveilleux du monde. Comment pouvait-il être les deux à la fois ? Tout était toujours flou, fou, et sa vie ressemblait de plus en plus à un spectacle grotesque avec des costumes et des décors ridicules.

Elle enfila un jean, un t-shirt, se maquilla le plus légèrement possible juste pour cacher le poids de sa fatigue, mis ses baskets, pris son sac, adressa un salut rapide à Bastien et Pistouille puis s'en alla. L'air était un peu plus frais ce matin et cela lui faisait du bien, elle avait besoin de renouveau, de fraîcheur, de se sentir plus légère. Lorsqu'elle aperçut Flora au coin de la rue, ce sentiment de légèreté arriva et elle souriait, enfin, elle avait l'impression que cela faisait des lustres qu'elle n'avait pas sincèrement sourit.

Pendant ce temps, Bastien, prenait son café, encore à moitié endormi, adossé à son oreiller. Il était embêté d'avoir laissé filé Alex qui semblait être au plus mal. Il prit un cahier et un stylo qui trainait sous la table de chevet et écrivit :

Mon amour,

Je ne sais comment te rassurer,
Car à attendre nous sommes condamnés,
Mon amour regarde moi,
Je t'aime et serais toujours là.

Lorsque le Soleil se couchera demain,
Dans mes bras tu auras moins froid.
Je suis l'esclave de cet amour,
Qui me rend fou de toi chaque jour.

Je ne sais comment te dire je t'aime,
Alors que nos cœurs saignent,
Je ne sais comment te montrer que je suis là
Quand tu te sens seule ici bas.

Lorsque la Lune sera là,
Tu sombreras dans mes bras,
A ton réveil, mes yeux ouverts,
Te contempleront comme hier.

Je ne sais comment t'aider,
A supporter le présent acharné,
Mais ne doute pas de nous,
Car tu es ma force, mon tout.

Bastien plia soigneusement sa feuille, la mit dans une enveloppe sur l'oreiller de sa douce. Il se remit sur sa tablette en quête d'un peu d'évasion, il regarda les voyages en dernière minute, il savait qu'il ne ferait pas rêver Alex, non, il voulait juste oublier lui aussi ce présent qui le bouffait de l'intérieur.

Alex et Flora s'étaient attablées en terrasse, un jus de fruit pour l'une, un café pour l'autre. Flora rentrait d'un long voyage en solitaire, et avait pleins de choses à raconter à Alex, mais elle savait que ce matin là, son amie n'allait pas fort, sa voix l'avait trahie lors de leur dernière conversation. Flora faisait partie pour Alex de ces quelques personnes où après les jours, les semaines, les mois et même parfois les années rien ne changeait.

Alex se confia à Flora sur sa grossesse, son rendez-vous à l'hôpital, ses craintes. Flora était dévastée pour son amie. Elle la prit dans ses bras et lui proposa de vite s'envoler pour un week-end ou des vacances entre filles. Alex poursuivit son récit, elle ne raconta pas tout à Flora, se demandant si elle aussi avait pu être approchée d'une manière ou d'une autre par Secretlife mais elle se risqua à une simple interrogation :

« Tu sais Flora, il n'y a pas que la grossesse, parfois j'ai le sentiment que Bastien n'est pas bien avec moi, j'ai peur qu'il me quitte ou qu'il me trompe. »

« Quoi ? Bastien ? Il ne ferait jamais une chose pareil, il a des étoiles dans les yeux quand il te regarde ou quand il parle de toi ! »

« C'est gentil mais tu sais le temps a passé depuis ton départ... »

« Sauf que je suis persuadée qu'il t'aime et qu'il n'a pas changé Alex, tu as une chance folle, toutes les copines te jalousent tu sais. Il t'aime tellement que c'est peut être ça qui est louche !»

Alex souria.

« Ecoute Alex, je ne devrais rien te dire, mais Bastien m'a contacté pendant mon voyage, il voulait te faire une surprise et que vous me rejoigniez à l'autre bout du monde cet été. Finalement il a laissé tombé en me sortant une excuse étrange, et moi j'ai du rentrer plus tôt pour voir ma famille. »

« Oh... il a laissé tombé à cause de mes nausées, il m'a dit qu'il regardait ce qu'on pouvait faire mais que finalement ce serait plus raisonnable de rester en France pour que je n'ai pas à subir de longs trajets. »

« Il a pensé à tout. Ton homme c'est un prince, arrête de te poser autant de question ! »

« Tu as sans doute raison. »

Alex n'était pas vraiment convaincue, et Flora mettait la part d'inquiétude qui subsistait sur le compte du traumatisme de la grossesse que vivait son amie. Alex lui demanda quand même des nouvelles de ses dernières destinations, Flora lui parla du Soleil, de la flore de la faune, de ses conquêtes sur le sable chaud, des paysages à couper le souffle, des couchers de Soleil à n'en plus finir et des torses plus musclés les uns que les autres qui défilaient devant ses yeux et parfois dans son lit.

Quelques conversations de filles plus tard, Alex dût prendre congés de son amie. Flora pris Alex dans ses bras :

« Prends soin de toi Alex, vraiment. Et on se voit bientôt ! »

« Oui, t'as raison Flora, on se revoit très vite ! »

Alex rentra chez elle, le cœur lourd. Sur le chemin, elle consulta son téléphone et vit un SMS d'Olivier.

Salut Alex, j'espère que tu vas bien. Tiens bon, ça va aller. Appelle si tu as besoin, on peut aller prendre un verre. Amicalement, Olivier

Alex n'en revenait pas, Olivier qui lui écrivait le week-end. Elle supprima le SMS avant de réaliser qu'il était sans doute préférable d'y répondre, elle n'avait pas envie d'être suivie par de potentiels espions tout le week-end.

Salut, on fait aller, merci, bon week-end à toi. Alex

Elle entra dans son immeuble, pris le courrier, puis se décida à rentrer chez elle. Elle ouvrit doucement la porte au cas où Bastien se serait assoupi, et elle avait raison, il était là couché avec Pistouille qui ne manqua pas de venir saluer sa maîtresse comme si elle était partie depuis des jours. Elle referma la porte doucement et resta dans le cadre de la porte à le regarder domir, il était si paisible, elle l'enviait presque, elle qui n'arrivait pas à penser à autre chose qu'à son échec, c'était le nouveau nom de sa grossesse.

Elle ôta ses chaussures et s'approcha du lit, elle vit la petite enveloppe sur son oreiller, se pencha l'air interrogatif, la saisit puis alla l'ouvrir dans le salon pour être tranquille. Elle déplia la feuille A4, blanche, sur laquelle était écrit le poème de Bastien, elle n'en revenait pas et ne put retenir quelques larmes à sa lecture. Elle continuait de se demandait comment cet homme pouvait être autre que le prince qu'elle avait devant les yeux depuis tant de temps ? Elle regarda à nouveau dans l'enveloppe et découvrit une seconde feuille où il était noté.

Ne tarde pas trop et prépare toi !

Elle fixa un instant le bout de papier, l'air perdu. Ce fut Bastien qui l'interrompit dans ses songes.

« Qu'est ce que tu fais assise là ? Tu devrais déjà être en train de faire ton sac ! »

La phrase sonnait presque comme un sermon. Alex releva la tête, se dirigea vers lui et se jeta dans ses bras. Elle pleura longuement et paraissait encore plus inconsolable que la veille. Bastien l'enlaça, désabusé, il ne savait pas comment réagir face à tant de douleurs. Finalement c e fut elle qui mit un terme au silence pesant qui s'était installé :

« Bastien, j'ai peur, je n'y arriverai pas. Je ne suis pas assez forte. »

Elle s'arrêta là. Bastien la serra d'autant plus fort.

« Tu es plus forte que tu ne le crois. Beaucoup plus, je t'assure. Attends-moi là, j'arrive dans deux minutes. »

Bastien prit le temps de se changer, puis il débarqua dans le salon un petit sac de voyage à la main.

« Nous sommes prêts, allons-y. »

« Où ça ? Je ne veux aller nulle part ! »

« Viens, fais moi confiance, laisse toi porter. »

Alex se leva, doucement, puis se dirigea sans entrain dans l'entrée. Elle enfila ses chaussures et le laissa fermer la porte à double tour derrière elle. Elle s'installa dans la voiture au moment où son téléphone vibra, c'était un SMS de Pierre.

Salut toi, comment tu vas depuis l'autre jour ? A+

Décidément, ils avaient tous décidés de lui écrire ce week-end. Elle ne répondit pas, il n'y avait pas d'urgence. Elle regarda son conducteur du jour :

« On va où ? »

« Au pays des rêves. »

« pfff. »

Alex envoya un SMS à Olivier :

Salut, pour info nous partons ce week-end, j'espère que personne ne nous suivra, je te tiens personnellement au courant de tout. A+

Elle avait les mains moites, les doigts qui pianotaient à une vitesse folle. L'attente d'une réponse lui sembla longue, très longue, pourtant Olivier ne tarda pas à répondre.

Merci Alex pour l'info, je te fais confiance, pas de souci. J'attends de tes nouvelles. Prends soin de toi.

Elle inspira profondément en se débarrassant du message. Bastien choisit pile ce moment pour poser sa main rassurante sur la cuisse d'Alex. Elle contempla sa main, en silence. Il y a quelques temps, elle aurait eu envie de lui là, tout de suite, il y a quelques temps elle aurait laissé sa main vagabonder pour lui envoyer un message plutôt clair et il se serait arrêté à la première occasion, mais ce jour-là, peu de chose lui traversait l'esprit. Elle trouvait Bastien terriblement beau et attirant mais tellement machiavélique, elle l'imaginait comploter avec sa femme dans son dos, elle l'imaginait échafauder des plans dans son grand bureau. Alex n'avait qu'une envie, ouvrir la portière et sauter, elle posa la main sur la poignée de la portière, puis se ravisa, il fallait qu'elle arrive à parler à Bastien, il le fallait pour comprendre. Comprendre quoi, elle n'en savait rien.

« Chérie, je sais que ces deux jours ne seront pas à la fête, mais j'ai envie qu'on en profite au maximum, j'ai envie qu'on continue à vivre, parce que tu es là, je suis là et ce bébé que nous avons tant voulu existera toujours quelque part... »

« Où on va ? »

Alex avait la gorge nouée, le cœur serré et sa voix peinait à sortir.

« Surprise ! »

Il lui caressa la tête, elle lui adressa un petit sourire.

« Je suis d'accord pour qu'on passe du temps ensemble, je veux bien essayer de lâcher prise et de profiter de ces instants mais je ne te garantie rien...je vais faire un effort. »

« C'est un bon début » conclut-il.

Alex ne le savait pas encore mais Bastien lui avait réservé une nuit dans un endroit où ils pourraient se retrouver seuls, vraiment seuls, loin de tout. Elle s'était assoupie et Bastien ne pouvait s'empêcher de regarder tantôt la route, tantôt Alex. Lorsqu'il coupa le moteur, elle ouvrit les yeux et se demanda où ils étaient. Par la vitre elle ne voyait que des arbres, elle crut un instant qu'il tentait le coup de la panne jusqu'à ce qu'il l'invita à descendre.

Elle entendit un bruit de quad qui provenait de nulle part, elle ne voyait que des arbres et un petit chalet en bois à proximité de l'aire de stationnement.

« Bonjour la compagnie ! »

L'homme était fort et barbu, il portait une chemise de bûcheron. Elle trouvait qu'il s'accordait bien avec le décor, mais ne comprenait toujours pas ce qu'elle faisait là. Bastien s'approcha de lui en le saluant.

« Vous devez être Steeve je suppose ? »

« Bien vu l'ami, bienvenu chez moi. Venez, grimpez par ici ! »

Bastien prit les affaires dans le coffre avant de le suivre, Alex restait vers lui comme une petite fille timide. Steeve les emmena vers un drôle de 4x4, il avait à l'arrière une remorque aménagée avec des bancs pour pouvoir s'asseoir de chaque côté. Alex avait du mal à se détendre, et à travers le bois, les secousses qu'elle ressentait sur cette installation peu confortable ne l'aidaient pas à se détendre. Steeve freina et se retourna :

« Au fait, vous n'aurez sans doute pas de réseau à partir d'ici. »

Alex, regarda son téléphone et envoya un SMS à Olivier :

Je me suis endormie sur la route, je ne sais pas trop où on est, sans doute pas de réseau jusqu'à demain.

Olivier répondit quasi immédiatement :

Je reste près de mon téléphone, appelle si tu as un souci. J'ai levé le dispositif de surveillance autour de Bastien ce matin, donc je ne sais pas où vous êtes.

Elle leva les yeux, Bastien la regardait fixement, elle était mal à l'aise. Elle prit le temps de supprimer le dernier SMS d'Olivier avant de ranger son téléphone dans sa veste. Il cria depuis le banc d'en face pour se faire entendre :

« On va être seuls au monde, on sera bien ! »

Alex n'eut pas le temps de répondre que Steeve ralentissait déjà. Il s'arrêta au bord d'un petit chemin perpendiculaire.

« Voila, vous êtes arrivés, je vous laisse emprunter le petit chemin jusqu'à votre lieu de résidence pour la nuit ! Pour le reste tout a été réalisé comme convenu M.Moirant, vous ne serez pas dérangés jusqu'à votre départ, je vous retrouverai demain à l'accueil. »

« Bien merci Steeve, excellente fin de journée à vous. »

Alors qu'il s'éloignait sur son quad, Alex regardait à nouveau autour d'elle. Elle emprunta le petit chemin, suivie par Bastien. Elle ne pouvait s'empêcher de penser que c'était le lieu idéal pour commettre le crime parfait. Elle regarda son téléphone, il n'y avait pas de réseau. C'est à cet instant que Bastien la rattrapa et posa son bras sur ses épaules.

« Un moment en amoureux, rien qu'à nous, pour nous, on va être bien tu vas voir. »

Elle secoua la tête comme pour arrêter cette psychose qui prenait de plus en plus de place dans sa tête, Bastien s'arrêta, leva les yeux et regarda Alex avec un immense sourire.

Elle leva la tête à son tour et découvrit une jolie cabane perchée en haut d'un arbre.

« Surprise ! »

Elle souriait, Bastien avait déjà réussi une première étape du week-end, la faire sourire.

« C'est magnifique ! »

Elle lâcha ces mots avant de courir comme une enfant vers l'escalier qui permettait d'atteindre leur petite maison d'un soir. Elle gravit les marches rapidement, et arriva devant une petite porte en bois avec un hublot, à gauche il y avait une petite terrasse avec une table et deux chaises, et à droite une autre porte, plus petite et moins engageante. La clef était sur la porte, elle l'ouvrit et découvrit une chambre cosy et romantique : un lit rond, des pétales de Rose, des bougies. Elle se retourna et enlaça Bastien avant même qu'il n'ait eu le temps de poser leur sac de voyage.

« Attends, tu n'as pas tout vu ! » il lui montra la petite pièce attenante à la cabane qui n'était autre que des toilettes sèches puis il l'entraina sur la petite terrasse, une passerelle en pont de singe permettait d'accéder à une autre cabane.

« Tu ne vas pas te débarrasser de moi dans le bois alors »

« Non, ce n'est pas prévu pour ce week-end ! Ton imagination t'emmène très loin, ne me donne pas d'idées comme ça !»

Il riait, Alex moins, elle se sentait bête. Ils venaient d'atteindre la seconde cabane où se trouvait un jaccuzzi. Elle n'en revenait pas, son homme lui montrait une nouvelle fois qu'il frôlait la perfection, mais elle ne pouvait s'empêcher d'imaginer le fantôme de leurs problèmes qui gravitaient autour de ce lieu paisible. Ce fut donc avec joie qu'elle accepta la ballade pour découvrir le domaine, ils marchèrent le long de la route qui les avait emmenés jusqu'ici, puis tombèrent sur un plan d'eau. Bastien l'invita à le rejoindre dans l'un deux et ils partirent à la découverte de ce lac pendant un long moment, il avait emmené de quoi grignoter en guise de goûter et la promenade put se prolonger un peu.

Ils revinrent sur leurs pas en fin d'après-midi, pendant leur absence un panier en osier avait été hissé sur la rambarde de la terrasse à l'aide d'une poulie. Alors que la fraîcheur du soir n'allait pas tarder à s'installer, ils sortirent deux plaids rouges de la cabane pour s'installer en terrasse. Bastien servit du jus de pomme local et sortit les petits biscuits maisons qu'il posa sur la table en bois. Alex se sentait bien là, connectée à la nature et surtout déconnectée du monde. Elle avait laissé son téléphone dans son sac, éteint, et ne souhaitait plus y toucher du week-end pour le plus grand plaisir de Bastien.

Alors qu'il passait un agréable moment à parler de tout et de rien, Bastien eut l'impression de retrouver la complicité qui leur manquait cruellement ces derniers temps.

« Alexandra, je voulais te dire que ces moments avec toi sont tellement précieux, tellement importants pour moi. »

Il se leva, s'approcha d'elle, posa un genou à terre et attrapa dans sa poche un petit écrin blanc qu'il ouvrit.

« Alexandra Saboti, je serais le plus heureux des hommes si tu acceptais de devenir ma femme et de porter mon nom. »

L'accélération

Alex tremblait, elle ne put répondre quoique se soit. Bastien pensait que c'était l'émotion qui la gagnait, mais le silence qui le laissait là, planté, le genou à terre, le mettait de plus en plus mal à l'aise. Il se releva, rangea l'écrin dans sa veste puis se réfugia dans la petite cabane. Le week-end qu'il avait imaginé tourné au fiasco, et c'était bien la seule chose dont il était sur en l'organisant : elle dirait oui. Il était assis au bord du lit rond, entouré des pétales qu'il avait fait déposer, la tête dans les mains, il se demandait pourquoi le sort s'acharnait sur eux.

Alex restait là à contempler le vide sous les lames de bois. Elle ne parvenait pas à faire retomber la colère qui l'habitait, elle rageait, son visage était rouge et ses traits d'autant plus marqués. Elle ne pouvait pas en rester là. Elle débarqua dans la cabane en furie.

« Qu'est ce qui te prend ? »

Bastien se redressa, l'air interrogatif et terriblement perturbé par la scène qui se jouait devant lui.

« Quoi ? Je te dis que je t'aime, je te demande en mariage, depuis le temps que tu me fais des sous-entendus, je me suis dit que c'était le bon moment pour renforcer notre amour et tu es en colère ? J'avais pris nos agendas dans le sac pour qu'on puisse regarder quand planifier la chose, j'étais persuadé que tu serais heureuse, je me suis trompé. »

Il retomba tout penaud sur le lit. Alex enchaina de plus belle :

« Heureuse ? Tu as vraiment cru que tu me rendrais heureuse en me demandant en mariage alors que tu n'as jamais divorcé ? »

« Quoi ? »

« Je sais tout Bastien, je sais tout ! »

Elle fouilla dans le sac à la recherche de son agenda, l'ouvrit et lui tendit la fameuse lettre. Après quelques secondes de lecture il lui demanda.

« Qu'est ce que ça signifie ? Qui t'as envoyé ça ? »

« Est-ce que ce n'est pas plutôt à toi de me donner une explication ? Pourquoi es-tu toujours marié ? Pourquoi est-ce que tu ne m'as jamais parlé de Louise ? »

Dans son excès de colère, Alex était en train d'en dévoiler beaucoup sur ce qu'elle savait, elle compromettait toute la mission qui lui avait été confié mais Bastien à son grand étonnement ne s'énervait pas.

« J'ai essayé de te parler de Louise, plusieurs fois, et puis, je n'y suis jamais arrivé. Claire était ma femme à cette époque, la perte de Louise a été le moment où tout est parti en vrille dans notre couple. Il battait sans doute déjà de l'aile avant mais je refusais de le voir. Louise nous a quittés, Claire est partie et la procédure de divorce a suivie. Voilà, tu sais tout. »

« Pourquoi porte-t-elle encore ton nom si vous êtes divorcés ? »

« Au moment du divorce c'était une demande qu'elle avait adressé à son avocat, elle était en train de reprendre l'entreprise de son père, elle ne souhaitait pas qu'il apprenne notre divorce et elle ne voulait pas non plus que sa vie privée soit étalée. Pour lui permettre de temporiser la chose et comme j'étais encore sous le choc, mon nom de famille était la dernière de mes préoccupations, j'ai donc dit oui. »

Alex n'arrivait pas à y croire.

« Bastien, j'ai vu des documents, des livrets de famille, des échanges de mails, de courrier, tu l'as revu, tu me caches plein de choses, comment te croire ? »

« Je l'ai revu oui, plusieurs fois. Elle a repris contact avec moi il y a quelques temps, ça faisait tellement longtemps. On a pris un café, elle m'a annoncé qu'elle continuait à poursuivre son enquête personnelle pour comprendre la mort de Louise, elle m'a expliqué avoir trouvé des experts qui pouvaient appuyer des théories comme quoi l'un des médicaments produits par Medisafe pouvait être à l'origine du décès de Louise… Cette théorie était tellement insoutenable, c'était comme m'avouer que j'avais contribué à sa perte, et c'était inaudible, tu comprends ? »

« Oui… »

Il reprit.

« Je l'ai donc revu plusieurs fois c'est vrai, mais j'ai toujours refusé de collaborer dans son sens, je suis sur que nos traitements ne sont pas la raison de son décès, j'ai moi aussi engagé diverses enquêtes, il était hors de question que je continue à travailler pour Medisafe si j'avais perdu Louise par leur faute. Je lui ai donc soumis plusieurs fois mes propres résultats, et nous comparions nos enquêtes respectives, je ne pouvais pas la laisser agir seule… »

« Est-ce que Claire et toi… à New-York.. »

« Attends, je t'arrête tout de suite, il ne s'est rien passé entre Claire et moi. On s'est vus à New-York car nous assistions au même colloque. Son père était le fondateur de Poillon Industrie, le principal sous-traitant de Chemistry International. Comment as-tu pu penser que je te trompais ? »

« C'est compliqué. Tout est compliqué... Alex s'effondra par terre. »

« Qui t'as raconté tout ça ? Claire a pris contact avec toi ? »

« Non, c'est compliqué, je n'aurais jamais du te parler de tout ça mais... »

« Ecoute Alex, je vois bien que ça ne va pas, au-delà de cette grossesse, je vois bien que tu es stressée, je veux comprendre. On est une équipe. »

Alex se décida à tout déballer. Elle lui raconta comment elle avait été contactée pendant qu'il était à New-York, la peur et le désarroi devant lesquels elle s'était trouvée plusieurs fois. Elle lui parla de la copie des mails, les échanges avec Pierre. Bastien la pris dans ses bras, ils étaient là tous deux assis sur le bord du lit, au milieu des centaines de pétales de rose, à jouir du poison de leur existence : le mensonge.

Il se leva en colère, il marchait dans le peu de mètres carrés que lui offrait cette cabane, il tournait plus sur lui-même qu'autre chose mais il ne pouvait rester planté là à attendre.

« Qui t'as contacté exactement ? »

« Une société de détectives... »

« Carrément... est ce que tu as des copies de ces informations ?»

« J'ai tout rendu, je n'ai rien gardé, j'étais trop mal à l'aise avec tout ça. Tu as été suivi, épié, moi également, ton ex-femme aussi...bref... j'ai la chair de poule rien que d'y penser... »

« O.K, O.K, restons calme, restons calme... »

Il essayait de se contenir pour ne pas envoyer tout en l'air, il sortit sur la terrasse prendre un peu l'air. Le Soleil semblait déjà vouloir les abandonner. Alex sortit à son tour.

« J'aurais du t'en parler avant mais j'ai cru que tu m'utilisais pour mettre à bien ton plan et que tout passe inaperçu aux yeux des autres... »

« Belle vision que tu as de nous...je pense que tout est dit ! »

« Non, arrête, j'ai essayé de comprendre, de lutter, de te défendre...et puis j'ai du me rendre aux évidences qu'on me mettait sous le nez. J'ai eu peur. »

Bastien saisit son téléphone mais lui non plus n'avait pas de réseau.

« Il ne manquait plus que ça ! » maugréa-t-il.

« Je... »

« Laisse-moi ! »

« Non ! »

Elle avait répondu avec tant d'aplomb qu'elle-même n'y croyait pas.

« Ecoute Alex, apparemment tu me crois capable des pires choses. C'est vrai que je ne t'ai pas tout raconté, mais merde, je ne suis pas un monstre ! »

« Je sais… je suis désolée… c'est Olivier.. »

« Olivier ? Qu'est-ce que c'est que cette histoire encore ? »

Alex déballa tout, même l'inavouable : Olivier, Secretlife, leurs locaux mystérieux, leur équipe mystérieuse, leur réseau puissant… tout s'est retrouvé sur la table en quelques secondes. Bastien n'arrivait pas à réaliser ce qu'il se passait dans son dos depuis tout ce temps.

« Bon, je sens que la nuit va être productive, ce n'était pas vraiment le programme initial… »

Alex s'excusa encore quelques fois, puis lui proposa de joindre l'utile à l'agréable en s'installant dans le jacuzzi pour discuter. Bastien n'en avait pas vraiment l'envie mais il s'exécuta, terrassé par le climat glacial entre eux deux.

Une fois installé, à la lueur des bougies, elle lui demanda ce qu'il comptait faire. Bastien n'en savait rien. Ils parlèrent des ambitions personnelles et professionnelles de Claire Moirant puis très vite la conversation se dirigea vers Secretlife. Bastien était au courant du rachat de la société mais était persuadé que le président directeur général de Medisafe avait acquis Secretlife pour diversifier son activité. Il fallait qu'ils en apprennent plus mais pour ça il fallait qu'ils gagnent du temps.

« Demain soir tu trouveras un moment pour contacter Olivier, tu lui annonceras que tu es très embêtée car je t'ai demandé en mariage, tu as été obligée de dire oui pour ne pas éveiller les soupçons, nous verrons sa réaction de ce côté-là… »

« Au fait, c'est vraiment oui… »

Bastien l'embrassa.

« Je t'aime tellement »

« Moi aussi, mais il faut que toute cette mascarade cesse ! Donc demain, tu lui annonceras nos fiançailles et tu lui diras que j'ai l'air pressé de vouloir me marier, que tu ne comprends pas comment c'est possible puisque je suis censé être déjà engagé dans une autre relation…»

« Il risque de ne pas apprécier mais… »

« Bien. Nous aviserons demain de ce côté-là. »

Bastien devenait alors le nouveau chef des opérations. Il fallait à présent qu'Alex apprenne à jouer un double rôle.

« Tu sais Bastien, je crois qu'à partir d'aujourd'hui, on ne peut plus avoir confiance en personne. »

« J'en ai bien peur, mais tu peux compter sur moi et je peux compter sur toi, on va s'en sortir ! »

Ils parlèrent une bonne partie de la nuit, puis retournèrent dans l'autre cabane pour manger un peu du plat froid qui leur avait été déposé plus tôt et se reposer. Le lendemain matin, après une nuit fraîche mais agréable, ils décidèrent de partir plus tôt que prévu. Ils mirent leur téléphone en mode avion pour être sûrs de rester tranquilles mais activèrent le wifi à l'arrière d'un parking de fast-food. Bastien fit des recherches sur Secretlife mais il ne trouva rien d'intéressant à exploiter. Il tenta de trouver des informations sur les différents noms qu'Alex lui communiquait mais rien ne ressortait.

« Reprenons, si Olivier tente de te monter contre moi, c'est qu'il est lui-même contre moi, et si la rancœur de Claire est toujours présente on peut imaginer que ces deux là se connaissent… »

« Jusque là, ça se tient. Mais pourquoi aurait-elle été suivie ? »

« Pour constituer un dossier suffisant pour que tu y crois par exemple ? »

« Ca me parait gros, je vois mal Olivier comploter à ce point là… »

« Olivier non, Claire en revanche… »

« Elle était machiavélique à ce point là ? »

« Une femme qui a perdu un enfant, est une femme qui est prête à tout. »

Alex toucha son ventre, Bastien tenta de la réconforter, même s'il se trouvait très maladroit. Elle espérait au fond d'elle-même être en train de faire confiance à la bonne personne et ne pas être tombée dans un piège encore plus sordide.

« Tu sais, dans le fond, je comprends son combat… »

« Alex, bien sur que son combat peut se comprendre, je ne l'ai jamais empêché de le mener, mais si c'est elle qui est derrière tout ça, elle va beaucoup trop loin ! Et aujourd'hui, après ce que tu m'as dit, il y a des éléments qu'elle seule pouvait fournir…»

« Oui.. »

« Si j'avais un seul doute sur l'implication d'un de nos traitements dans le décès de Louise nous ne serions pas ensemble dans cette voiture, est-ce clair ? »

« Oui.. »

Alex n'en menait pas large, elle avait le sentiment d'avoir été bernée et humiliée par son supérieur, elle se demandait comment elle irait travailler avec ce poids sur les épaules, elle se demandait comment sa vie avait pu se retrouver au bord de ce précipice de doutes.

La nostalgie prenait le dessus par moment, elle repensait aux moments heureux avec Pierre, à ses envies d'indépendances et de liberté, puis elle repensait à Bastien, sa demande en mariage...elle posa sa tête sur son épaule, il déposa un baiser dans ses cheveux puis murmura quelque chose qu'elle n'arriva pas à identifier. Elle se redressa et lui offrit un sourire timide mais suffisamment appuyé en bonne coéquipière. Le match s'annonçait serré.

Ils se mirent en route vers leur domicile et activèrent leur téléphone. Alex ne tarda pas à se saisir du sien pour adresser un SMS à Olivier :

De retour à la civilisation. Je t'appelle dès que possible. Ne répond pas. Merci

Ils passèrent leur trajet entre les silences pesants et leur enquête. Bastien ne décolérait pas tandis qu'Alex était au fond du gouffre, elle n'avait pas envie de rentrer.

Alex profita d'un moment sur une aire d'autoroute pour contacter Olivier. Bastien était resté sagement dans la voiture, il mourrait d'envie de savoir ce qu'ils se disaient mais savait sa fiancée moins angoissée à l'idée de téléphoner seule qu'avec une tête par-dessus son épaule. Il attendait donc sagement son retour.

Elle semblait s'agiter, il ouvrit la fenêtre du véhicule et l'entendit.

« Pourquoi t'énerves-tu ? Tu l'insultes parce que je ne suis pas assez bien pour être demandée en mariage ? »

Puis quelques instants après il l'entendit se radoucir.

« C'est bon, c'est bon, tu es excusé. La question c'est qu'est ce que je fais maintenant ? »

Elle enchaina :

« Bien sur que j'ai dit oui… Je te rappelle que je fais comme si tout allait bien dans le meilleur des mondes ! Il a l'air de vouloir qu'on se marie vite, je ne comprends pas… »

Puis en se rapprochant du véhicule elle termina la conversation

« Il va falloir que je te laisse, il arrive, je te rappelle ! »

Elle raccrocha net sans laisser le temps à Olivier de réagir. Lorsqu'elle remonta en voiture, Bastien applaudissait posément sa comédienne de talent qui venait d'exécuter la scène à la perfection.

Elle lui raconta la réaction excessive et suspecte d'Olivier.

« Je pense qu'il allait me dire de sortir la lettre anonyme en rentrant ce soir et d'annuler nos fiançailles, c'est pour ça que j'ai raccroché rapidement. »

« Tu as bien fait, il va ruminer quelques heures… mais où veut-il en venir ce… »

« Tais toi, ça ne sert à rien de s'énerver, l'important c'est qu'on comprenne pourquoi il fait ça ! »

« Je ne comprends pas comment il peut me faire ça, on se connait bien peu ! La première fois que je l'ai croisé c'est quand il a postulé au même poste que moi. »

« Est-ce qu'il pourrait connaître ton ex-femme ? »

« Je n'en sais rien…je ne sais plus. »

Ils terminèrent la route en silence, tournant chacun le problème dans leur tête. Olivier avait bipé une fois Claire sur son téléphone mais elle n'avait rien répondu. Pierre prit le relais quelques minutes après faisant mine de prendre des nouvelles par message. Elle répondit simplement qu'elle faisait en sorte d'aller aussi bien que possible au vu du raz de marée qu'elle avait du affronter ces derniers jours.

Bastien mit fin à cette escapade, qui se voulait romantique, en garant son véhicule :

« On va y arriver mon cœur, on sera plus forts qu'eux ! »

Elle lui adressa un sourire crispé bien que sincère.

« Je ne vais pas pouvoir faire attendre Olivier trop longtemps, comment faire ? »

« Il doit probablement savoir que nous sommes rentrés, il a du remettre une équipe sur notre dos. »

Ils remontèrent à leur appartement, et Bastien prit soin de ne pas quitter l'appartement ce soir là, ainsi Alex n'avait aucune opportunité de contacter Olivier et ils pouvaient échanger calmement sur la suite.

Bastien s'approcha d'Alex, la pris dans ses bras et chuchota :

« Ce soir on va discuter, planifier… Demain, l'important c'est toi, c'est nous, je veux que tu te concentres uniquement sur toi et que tu laisses cette histoire sans queue ni tête loin derrière nous. Et je veux que tu saches que je t'aime plus que tout. »

« Oui.. »

Alex tremblait, Bastien et Pistouille l'accompagnèrent sur le canapé.

« Plus je réfléchis, plus je me dis qu'Olivier et Claire doivent se connaître sinon pourquoi tout ça ? »

« Bastien, je ne comprends pas comment notre PDG peut cautionner tout ça… »

« Je pense qu'il ne sait rien de ce qui se tisse au sein de ses entreprises… »

« Pourquoi Olivier chercherait il à me monter contre toi ? Je ne comprends vraiment rien. »

« Alors là… je n'en sais rien… Par contre je réfléchis de plus en plus au rôle de Claire… »

« A quoi penses-tu ? Tu as l'air inquiet. »

« Le père de Claire a toujours rêvé d'une entreprise florissante, il l'a faite croître et il y a investi énormément de temps. Il commençait à penser à la suite, l'après, comme il disait. Claire avait toujours voulu travailler avec son père et reprendre la société mais il semblait hésiter à la lui confier, je sais que ça l'affectait… il était adorable mais un peu vieux jeu et elle n'était pas le fils qu'il aurait souhaité avoir pour reprendre son entreprise.»

Alex le regardait et l'encourageait à continuer son récit malgré les silences, persuadée que la clef de cette histoire se trouvait peut être là, juste sous leur nez. Bastien reprit.

« La période était difficile voir conflictuelle, Claire passait son temps à essayer de lui prouver qu'il pouvait avoir confiance en elle. Moi j'étais fou amoureux de Claire, persuadé que c'était la femme de ma vie j'avais envie de me projeter dans mon couple. Je venais de faire mon stage de fin d'études chez Medisafe et Claire entrait au même moment dans l'entreprise familiale. Nos situations professionnelles respectives promettaient d'être stables et nous permettaient d'envisager la suite. Sa famille étant plutôt traditionnelle, j'ai demandé à Monsieur Bost, son père un rendez-vous qu'il m'a accordé. Il m'a fait entrer dans son bureau, c'était la première fois que je découvrais cette pièce. Il y avait du parquet au sol, plutôt foncé, les murs étaient bordeaux, le bureau en noyer trônait fièrement au milieu du décor. J'étais impressionné du haut de ma vingtaine bien entamée. Il se leva de son grand fauteuil et m'invita à prendre place dans le petit salon à l'entrée. Je lui ai donc parlé de mon intention de demander Claire en mariage, j'étais très intimidé par ce personnage à la voix grave et imposante, j'étais mal à l'aise. Il ne répondit rien, se leva, et me laissa un moment seul sur ce fauteuil, puis il réapparut avec deux verres de whisky. Il me tendit un verre, trinqua puis laissa apparaître un sourire. »

Bastien marqua une pause, comme nostalgique de ce moment. Alex ne savait pas trop où se mettre, elle se sentait mal à l'aise devant ce déballage, devant le sourire qui apparaissait à la commissure des lèvres de son fiancé. Bastien la regarda et reprit son sérieux.

« A cet instant, Alex, à cet instant précis, je suis devenu un homme. J'ai vu dans les yeux de ce grand monsieur, qui allait devenir mon beau-père, qu'il était profondément heureux et confiant pour nous, pour son entreprise. Il a conclut notre entretien par une phrase que je n'oublierai jamais : Bastien, tu es ici chez toi. Et « ici », c'était au sens propre, il me voyait épauler Claire dans toutes les décisions de sa société, je pense même qu'il me voyait comme successeur mais ne voulait pas froisser sa fille. »

« OK, OK mais quel est le rapport avec notre affaire ? »

« Minute papillon, j'y viens ! »

Alex se tut subitement, laissant Bastien reprendre le cours de son récit.

« Le dimanche suivant, pendant le repas dominical que nous prenions régulièrement chez ses parents, j'ai demandé Claire en mariage. Son père la félicita et la serra tellement fort qu'elle eut l'impression pour la première fois qu'il était fier d'elle. Ce n'était pas vrai, mais c'était son ressenti. Nous avions décidé de nous marier plus rapidement que prévu car nous avions appris que Louise s'était déjà fait un petit cocon dans son ventre. Je te passe les détails mais je te laisse deviner le cadeau de mariage que son père lui réservait... »

« Sa société ? »

« Exactement ! »

Alex avait les yeux écarquillés, elle n'en revenait pas. Bastien poursuivit :

« Il lui offrait sa société en guise de marque de confiance dans notre union. La perspective d'être grand-père lui avait donné des ailes. La suite, tu la connais, la transmission était en cours, Claire voulait attendre d'avoir accouché pour être à cent pour cent dans le travail, ce que j'approuvais comme son père. Puis nous avons perdu Louise... Nous étions anéantis, mais son père l'était tout autant, il transmit tout de même l'entreprise pour prendre sa retraite, persuadé que bientôt la vie lui apporterait d'autres petits-enfants. Claire prit ses distances vis-à-vis de moi, mais cacha à sa famille les vacillements de notre couple, et la suite tu la connais... »

« Je comprends mieux pourquoi elle a souhaité garder ton nom, et son père n'a jamais su? »

« Son père... il a appris le divorce une fois qu'elle avait signé tous les documents. Elle prétextait au début que j'étais en déplacement professionnel, comme cela arrivait souvent, il ne s'inquiétait pas, mais le dimanche je n'étais plus au repas, il fallait le justifier. Il décéda peu de temps après d'un arrêt cardiaque, c'est une amie commune qui me l'a dit. »

« Ton ex-femme a traversé des moments difficiles... »

« Oui. Elle avait une petite sœur, Manon, à peine moins âgée qu'elle mais c'était la seconde, alors il n'avait jamais été question d'elle dans les projets du père... »

Ils marquèrent tous deux un silence, respectueux, qu'Alex brisa :

« C'était une société de quoi ? »

« Quoi ? »

« L'entreprise du père de Claire, c'était une société de quoi ? »

« Une entreprise qui fabriquait des conditionnements pour tout un tas d'entreprises, dans tout un tas de domaine : alimentaire, produits d'entretien… »

Alex releva la tête, et les yeux grands ouverts elle se plongea dans le regard de Bastien.

« Dans le domaine des médicaments ? »

« Oui, aussi, Medisafe a déjà été client. »

« Bastien, il n'y a rien qui te choque ? Il est là le lien ! »

« Arrête deux minutes, Medisafe est un client certes mais c'est bien la seule chose qui les lie… »

« Claire est à la tête d'une petite fortune personnelle non ? »

« Oui, c'est vrai, elle est l'héritière d'une famille aisée et au-delà de l'entreprise familiale elle a un certain patrimoine. Son père avait pour projet de faire grandir l'entreprise puis d'investir dans des domaines annexes pour maîtriser des chaînes complètes de production... »

« Et si Claire, par vengeance pure, s'était fixé comme but de couler Medisafe pour racheter l'entreprise pour une bouchée de pain ? »

« Elle n'irait pas si loin quand même… »

« Une femme qui a perdu un enfant est prête à tout, non ? »

Alex était convaincue d'être sur la bonne voie.

« C'est vrai… ça expliquerait pas mal de choses, mais quel est le rôle d'Olivier ? »

« Il doit y avoir une explication… une explication logique… »

Ils réfléchissaient activement. Alex enchaîna :

« Penses-tu qu'il puisse t'en vouloir d'avoir eut le poste qu'il convoitait ? »

« Peut-être enfin franchement je n'ose pas penser que pour une histoire de boulot, qui plus est d'égo personnel, on puisse autant mettre la zizanie dans la vie de quelqu'un ! »

« C'est vrai, ça parait fou… »

« En revanche, a-t-il été entreprenant envers toi ? »

« Euh… Oui, non… pas vraiment, il s'est juste montré compréhensif, un soupçon envahissant, mais rien de plus. »

« Bon ok…on oublie la piste amoureuse ? »

« On l'oublie ! Il doit bien y avoir une raison pour laquelle Claire et lui se sont rencontrés et seraient aujourd'hui de mèche… »

« Et si…Olivier et Claire entretenait une relation ? Il aurait été bien placé en temps que directeur commercial pour pouvoir agir, puis peut être encore évolué… »

« Olivier, et Claire ? Tu es sérieux ? C'est complètement dingue, tordu ! »

« Mais ça se tient… On en reparle demain ? Il se fait tard et une rude journée nous attend demain. »

Leur sac était encore en plan dans l'entrée, ils prirent leurs affaires et se préparèrent pour une nuit courte et sans saveur. Ils échangèrent un baiser furtif avant de se tourner chacun de leur côté. Bastien se retourna toute la nuit, Alex, ne bougeait pas mais ne parvint pas à s'endormir, tracassée par le programme qui l'attendait.

Le Soleil pointait le bout de son nez, Alex avait sans doute fini par somnoler un peu entre deux agitations de Bastien mais elle fut vite rattrapée par un mal de tête terrible. La journée à affronter commençait déjà, enfin, elle ne savait plus.

Un pas en avant

Alex et Bastien échangèrent peu avant de sortir du lit, c'est Pistouille tout ronronnant qui faisait sans aucun doute le plus de bruit. Il venait se frotter à Alex comme pour lui signifier que tout irait bien. Ils avaient finalement posés tous deux une journée de congés, une journée de tranquillité loin d'Olivier. Alex n'avait pas le cœur à l'appeler, à jouer la comédie. Elle n'appela pas, elle ne joua pas.

Elle pleura, en silence, devant son petit déjeuner, en se brossant les dents, puis sous la douche un peu plus fort. Elle pleura longuement et seuls ses yeux rouges la trahissaient. Bastien n'avait pas encore entendu le son de sa voix, il se contentait de l'observer, de la soutenir aussi fort qu'il le pouvait, un peu maladroitement par moment, mais avec de la tendresse dans tous ces gestes. Elle ne s'était pas maquillé, elle avait nourri le chat en peignoir et choisi ses vêtements à la va vite.

Bastien était prêt, il attendait dans l'entrée en regardant les quelques lettres qui trainaient là sans n'avoir jamais été ouvertes. Bastien se donnait une contenance en occupant ses mains et son regard loin d'Alex.

Ils avaient décidés tous deux de mettre en mode avion leurs téléphones professionnels pour que cette journée ne soit consacrée qu'à eux. Un fond de musique classique envahissait le véhicule et chaque note grave semblait trouver une résonnance particulière dans le cœur d'Alex, elle frissonnait tandis que Bastien qui profitait de sa boîte automatique pleinement laissa sa main posée sur sa cuisse pendant tout le trajet.

Il trouva une place rapidement dans le parking souterrain à proximité, ils étaient donc en avance. Il coupa le moteur et la regarda.

« Je t'aime Alex, tu es une femme forte en toute circonstance, mais aujourd'hui tu as le droit de te reposer entièrement sur moi. »

Elle pleura sur son épaule, puis décida qu'il était temps de se rendre à ce rendez-vous. Elle ne put s'empêcher en descendant de la voiture de regarder autour d'elle si elle était suivie. Elle murmura à Bastien.

« J'espère que nous sommes seuls, surtout aujourd'hui. »

« Moi aussi. »

Il serra sa main, fort dans la sienne. Ils arrivèrent devant l'enceinte de l'hôpital, ils ne savaient pas trop où aller et étaient tous deux un peu perdus et décontenancés d'être là. Bastien prit la suite des opérations en se dirigeant vers l'accueil, il se fit indiquer précisément le lieu du rendez-vous et y emmena Alex qui attendait à quelques pas derrière lui.

Les portes du service de gynécologie se refermèrent derrière eux pendant de longues heures.

Lorsqu'ils franchirent la porte de sortie, Alex tremblait encore mais elle avait un petit sourire qui laissait apparaître cet espoir qu'elle n'osait plus cultiver de peur d'être déçue. Bastien descendit les quelques marches avec légèreté. Cette scène aurait été incompréhensible par ceux qui connaissaient l'histoire, et cette histoire n'en était qu'à son premier tome.

Soulagés, ils décidèrent de se faire livrer un bon repas chez eux pour éviter de devoir mettre le nez dehors le soir même. Leurs conversations s'enchainaient à un rythme effréné entre la grossesse, l'arrivée de ce bébé tant attendu, Olivier et Claire qui les obsédaient malgré eux.

Alex ralluma son téléphone en premier, elle fit mine à Bastien de se taire et s'isola côté cuisine pour appeler Olivier. Elle eut à peine le temps d'entendre la tonalité que la voix d'Olivier perçait déjà ses tympans.

« Alexandra ! Bon sang, je n'ai pas arrêté d'essayer de te joindre ! »

« Bonjour Olivier…Ravie moi aussi ! » elle chuchotait, faisant mine d'appeler discrètement en trifouillant robinet et casseroles.

Il bredouilla quelque chose, mais elle l'interrompit rapidement.

« Olivier, je n'ai pas beaucoup de temps. Je retourne les choses dans tous les sens et plus ça va, moins ça va, je joue le jeu pour toi mais je ne trouve rien d'anormal dans ses faits et gestes, je t'assure… »

« Lui as-tu donné la lettre ? »

« Non. »

« Donne-lui aujourd'hui. »

« Pourquoi ? »

« Ne me demande pas de me justifier Alex, donne-lui cette lettre ! Ca te fera une bonne raison de rompre vos fiançailles ! »

Surtout rappelle-toi, je ne t'ai rien donné, je ne t'ai pas parlé, tu l'as reçu dans ta boîte aux lettres.»

« Je ne suis pas sure de vouloir parler de son ex-femme là..Tu sais la journée est assez difficile comme ça.. »

« Je sais Alex, je sais, mais là il va falloir accélérer. Il profite de toi et ça me rend malade ! »

« Oui, je sais… une fois que j'aurais rompu nos fiançailles il se passera quoi ? »

« Tu seras libre Alex, libre ! C'est déjà beaucoup. Bastien, désespéré et énervé commettra sans doute l'erreur de revoir Claire et de s'associer à fond dans son projet, ainsi il sera mis à jour par mon équipe… »

« Il perdra son emploi.. »

« Alex, on ne peut pas le laisser faire, tu te rends compte qu'il mène Medisafe à sa perte ? »

« Je dois te laisser. »

« Donne-lui la lettre ! »

Elle raccrocha.

Bastien attendait nerveusement en faisant les cent pas.

« Chéri, il veut t'évincer de Medisafe, ça ne fait plus aucun doute. »

« Il veut ma place. »

« Je n'ai pas réussi à en savoir plus… désolée. Il voulait que je te donne la lettre anonyme, c'est tout. »

« Je vais appeler Claire, je descends la poubelle et j'irai dans la rue quelques instants. »

« Euh... je ne suis pas sure que ce soit une bonne idée. »

Bastien était déjà sorti.

Elle resta immobile fixant Pistouille qui observait perché sur le radiateur les insectes qui venait le narguer de l'autre côté de la vitre. Les minutes lui parurent longues, très longues, et elle restait plantée là, à croiser et décroiser ses mains, à faire les cent pas.

Elle regarda sa montre, n'osa pas sortir de chez elle, tourna en rond autour de la grande table rectangulaire. Elle entendit enfin la clef dans la serrure et se précipita vers l'entrée.

Bastien resta muet, se déchaussa, alla se laver les mains et s'installa dans le canapé. Alex attendait, silencieuse à côté de lui, seules ses mains moites traduisaient son stress. Sa patience fut récompensée.

« J'ai merdé Alex. »

« Quoi ? Comment ça ? »

« J'ai pété les plombs...qu'est ce que j'ai fait... »

« Calme toi Bastien, je suis sure que ce n'est pas si grave. »

« Alex, je l'ai appelé, je lui ai hurlé dessus, j'ai parlé de la lettre bidon, j'ai...je me suis retenu de parler d'Olivier mais... »

« Chuuut. »

Elle s'approcha de lui, et le pris dans ses bras.

« Qu'a-t-elle dit ? »

« Qu'elle ne comprenait pas de quoi je parlais ! La lettre, Louise, bref… elle dit que ce n'est pas elle ! »

« Elle n'allait pas te dire qu'elle se tapait Olivier, qu'elle voulait par pure revanche pour votre fille te faire virer parce que tu ne l'avais pas suivie dans son délire, qu'elle voulait couler Medisafe où je ne sais quoi encore. »

Il se calma. Alex prit son téléphone pour écrire à Olivier.

Je t'ai écouté, je lui ai donné la lettre, il est sorti de l'appartement en rage. Il se mure dans le silence. Pas plus avancée…

Olivier ne tarda pas à répondre.

Tu as bien fait, reste calme. Ca va aller, à priori ça bouge du côté de Claire ! Je te tiens au jus. Supprime mon SMS.

Elle tendit le téléphone à Bastien. Il serra le poing. Elle le serra contre elle encore plus fort. Son téléphone vibra.

Alex, appelle-moi.

Elle se leva, s'éclipsa dans sa chambre pour téléphoner.

« Salut Meg, ça va ? »

« Bien joué Alex, le coup de la bonne copine ça marche toujours. »

« Oui, ça va merci, ça fait longtemps ! »

« Bon mon équipe suit Claire, elle a l'air furieuse à priori, je pense qu'elle va tenter de rentrer en contact avec Bastien, on passe à une étape supérieure, courage, je reviens vers toi ! »

Il raccrocha.

Elle resta dubitative et retourna dans le salon informer Bastien des derniers éléments. Quelques minutes plus tard, le téléphone de Bastien se manifesta. Claire l'appelait, enfin. Il regarda Alex avant de s'éloigner du canapé.

« Allo ? »

La voix de Bastien était hésitante. C'est la première fois qu'Alex le sentait fébrile. Elle resta sagement à l'attendre malgré qu'elle fût dévorée par l'envie de se coller contre la porte de leur chambre pour entendre au maximum leur échange.

Elle pianota rapidement sur son téléphone :

Il est en ligne avec Elle je pense.

Olivier ne répondit pas.

Bastien sortit de la chambre en claquant la porte involontairement. Il prit ses chaussures, sa veste et sortit sans même qu'Alex eut le temps de poser une seule question. Elle le vit s'éloigner de l'immeuble par la fenêtre, elle pleura.

Ils sont ensemble à un café.

Le message d'Olivier venait confirmer ses craintes.

Elle resta recroquevillée sur le canapé pendant deux heures entières. Lorsque Bastien rentra, elle ne savait pas quoi faire, se lever, réagir, crier, pleurer. Elle resta là, prostrée, sans lâcher un mot.

Il s'avança, l'air penaud et murmura

« Désolé d'être parti ainsi. »

Elle ne répondit pas.

« J'ai retrouvé Claire pour boire un verre, elle m'a dit qu'elle devait me parler, que c'était important. »

Alex resta silencieuse.

« Elle…elle m'a demandé de l'aider dans le combat pour Louise, je lui ai dit que c'était compliqué pour le moment de prendre une décision. On a beaucoup parlé et je suis parti. »

« O.K »

Alex se leva cette fois, le frôla, puis alla se coucher.

« Chérie, tu m'en veux ? Il ne s'est rien passé d'autre. »

Elle se tourna du côté opposé à la porte pour ne pas avoir à croiser son regard. Elle sentait que ses yeux enverraient des couteaux bien aiguisés en guise de réponse, elle se contenta de fermer les yeux et de répondre.

« Oui, tu es parti comme ça sans rien dire, tu me dis qu'on doit être en confiance et tu agis seul depuis un moment. »

Il s'installa au bord du lit sans même enlever sa veste.

« On est une équipe Alex, mais j'ai besoin de comprendre, et je ne comprends rien. J'ai voulu nous sortir de cette galère, mais je ne suis pas le héros que j'aurais aimé être à tes yeux. »

Elle s'adoucît et se retourna.

Elle garda les yeux fermés mais posa sa main sur la sienne. Elle finit par entrouvrir sa bouche pour laisser filer quelques mots.

« Je ne sais pas ce qu'il se passe dans ta tête parfois... »

« Je sais. »

Il l'embrassa, elle se laissa faire puis l'attira sur le lit. Ce soir là, ils retrouvèrent l'instinct passionnel et animal des débuts, celui qui les avait quittés depuis quelques temps pour laisser place à leurs préoccupations du moment.

Il enleva sa veste, rapidement, puis projeta ses chaussures avec difficultés avant de se jeter sur elle. Il manqua de déchirer sa nuisette en voulant la mettre à nue ce qui accentua brutalement la montée du désir qu'elle ressentait. Elle se redressa, se mit à genoux face à lui, puis pris le temps de déboutonner bouton par bouton sa chemise. Elle continua de le déshabiller de manière lente et envoutante, il tentait de faire trainer ses mains ici et là sans qu'elle le laisse vraiment faire. Une fois nu, elle laissa ses lèvres parcourir son corps, ce corps qu'elle contemplait chaque jour : ni trop fin, ni trop musclé, entretenu par un quotidien bien rempli. Il s'agitait un peu plus à chacun de ses mouvements, et semblait déjà ailleurs, le menton relevé, les yeux fermés, sa respiration se faisant de moins en moins discrète. Tandis qu'il se manifestait de plus en plus, elle ôta sa nuisette, rampa laissant sa poitrine parcourir son corps, puis se coucha sur le dos contre lui. Elle se cambrait sous ses mains et dans la lueur du réverbère qui venait de s'allumer, Bastien distinguait sa poitrine qui pointait généreusement vers le ciel. Quelques instants plus tard, sous leur fenêtre on aurait pu entendre des râles à peine étouffés. Ils auraient voulu figer le temps, mais cette bulle de bonheur n'était qu'un flottement au milieu de leurs doutes incessants.

« Je t'aime, bonne nuit chéri. »

« Bonne nuit mon amour. »

Un dernier baiser, et le silence fut.

Paroles, paroles

Alex avait déjà des rendez-vous de planifiés chez des clients à l'autre bout de son secteur. Elle était soulagée de ne pas avoir à passer par les bureaux de Medisafe ce matin là. Elle n'avait qu'une peur : ne pas savoir comment réagir face à Olivier et commettre un impair. Bastien de son côté semblait détendu, il sifflotait en enfilant sa cravate et parti au bureau l'esprit léger et le corps délicatement parfumé. Du moins, c'est ce qu'Alex ressentit quand il la salua d'un baiser vaporeux.

Toujours un peu suspicieuse, Alex se demanda ce qu'il se passait dans sa tête. Elle se dirigea dans son bureau et tenta de trouver une réponse, mais rien, tout était parfaitement rangé. Elle regarda son agenda qui était resté ouvert à la page de cette semaine, il avait noté une réunion téléphonique dans la matinée, point. Elle n'osa rien toucher de plus que les tiroirs du bureau et sortit précipitamment de la pièce. Elle termina de se préparer rapidement, se maquilla tout aussi vite puis s'en alla.

Lorsqu'elle eut finit ses rendez-vous du matin, elle décida pendant sa pause déjeuner de rouler un peu. Olivier avait tenté de la joindre à plusieurs reprises mais par chance elle était à chaque fois en clientèle et elle se doutait qu'il contrôlerait son emploi du temps saisit informatiquement depuis plusieurs semaines. Elle ne put s'empêcher de passer devant les locaux où elle avait rencontré l'équipe de Secretlife mais ne souhaitant pas s'arrêter de peur d'être repérée elle ne constata rien de plus. Excédée par la situation, elle roula un peu plus vite, manqua de griller un feu rouge par inadvertance et se rendit compte que le piéton qui venait d'accélérer la cadence n'était personne d'autre que Pierre.

Elle chercha son contact rapidement dans son téléphone et l'appela. La voix de son ex dans les hauts parleurs, la voila qui roulait tout en feignant de prendre des nouvelles. Sans vraiment s'en rendre compte elle tourna un bon moment autour du même pâté d'immeubles.

« Je fais aller oui, désolée je n'ai pas eu le temps de te rappeler. Et toi comment tu vas ? Quoi de neuf ? »

Il ne raconta que des banalités, puis très vite remis sur la table le sujet de base.

« Mes fiançailles ? Je ne me souvenais pas t'en avoir parlé... »

Elle apprit ainsi qu'Olivier était toujours en contact avec Pierre, et prit un air dépité en lui répondant.

« Tu sais, ce sont des fiançailles qui ne mèneront à rien, je le sais à présent même si j'ai du mal à l'accepter... Peut être pourrait on déjeuner ensemble un de ces jours ? »

Pierre affirma alors qu'il était en déplacement professionnel en ce moment mais qu'il la tiendrait au courant. Elle avait envie d'hurler mais décida d'abréger la discussion de manière polie.

Elle s'arrêta un peu plus loin, dans une rue large où elle pouvait rester en double file quelques intants sans perturber la circulation. Elle inspira profondément puis réalisa qu'il était temps de rappeler Olivier, ou du moins de le lui faire croire. Leurs téléphones d'entreprises étaient tous du même opérateur, et avec une manipulation simple, Alex savait qu'elle pouvait laisser un message sur son répondeur sans même l'alerter de l'appel.

« Bonjour Olivier, c'est Alex, la reprise est un peu compliquée je suis plutôt débordée, je n'ai pas pu te rappeler avant, à plus tard. »

Elle raccrocha à la hâte puis redémarra en direction du prochain rendez-vous. En milieu d'après-midi, elle n'eut d'autre choix que de passer au bureau. Elle avait quelques dossiers en souffrance à voir avec son assistante et des chiffrages à faire. Elle croisa Olivier à la sortie de l'ascenseur. Face aux collègues il se contenta de la saluer, et lui demanda de passer le voir pour faire un point dès que possible. Alex marcha d'un pas pressé jusqu'à son bureau, elle appela son assistante et fit durer au maximum la conversation. Elle se plongea dans son ordinateur et fit mine de ne pas avoir le temps pour un café avec ses collègues. Une demi-heure plus tard, Olivier la relançait déjà sur son poste. Elle ne pouvait plus faire marche arrière.

Elle se dirigea vers le bureau d'Olivier, la démarche faussement assurée, puis toqua énergiquement contre la porte.

« Entrez ! »

Elle maîtrisait sa démarche de manière impeccable, et la robe fourreau bleu marine qu'elle portait lui donnait l'allure d'une femme sûre d'elle et directe.

« Que veux-tu Olivier ? » demanda-t-elle l'air presque innocent.

« Ferme la porte s'il te plait. »

Alex s'exécuta puis s'approcha du bureau.

« Je voulais faire un point avec toi sur la situation, sur ta situation personnelle également. »

Elle fit mine d'être gênée.

« Peut-on parler librement ici ? »

« Alex, tu es ici chez toi, bien sur que oui. »

Il se leva et s'approcha d'elle. Elle recula légèrement mais buta dans le fauteuil, elle resta donc à quelques centimètres de lui.

« Les choses ne sont pas évidentes, je lui ai remis la lettre, il était furieux, nous nous sommes à peine parlé depuis. »

Olivier tenait Alex par les épaules.

« Je suis là si tu as besoin. »

« Oui... je sais, je t'en remercie. Tu sais je suis perdue. »

« Je comprends, prends quelques jours de congés si tu as besoin de partir loin mais tiens moi informée de tout, bientôt il y aura du nouveau. »

Alex releva ses yeux de biches avec un léger sourire timide.

« Je...je n'ai pas envie d'être loin, je suis rassurée quand tu es là. »

Elle était à présent semi assise sur l'accoudoir du fauteuil, lui, toujours face à elle, la releva et l'embrassa. Elle se laissa faire, jusqu'à ce que sa main se glisse sous sa robe. Là, elle se dégagea et balbutia rapidement :

« Je...je ne suis pas prête. »

« Je comprends excuse moi. Ne rentre pas chez toi ce soir, viens à la maison, je dormirai sur le canapé, tu seras plus tranquille pour réfléchir. »

« Pourquoi pas, je te redis ça... »

Elle retourna à son bureau, croisa une ou deux collègues qui lui firent remarquer qu'elle était pâle. Elle nia tout problème, se posta devant son écran mais resta incapable de faire quoique ce soit tant ses mains tremblaient.

Elle prit son téléphone et appela le bureau de Bastien. Habituellement, elle s'interdisait de le faire, mais là, il le fallait, elle pourrait lui dire que cet appel là était un cas d'urgence comme il aimait le demander à chaque fois en riant. Elle fut immédiatement redirigée vers son assistante, elle raccrocha subitement. Bastien n'avait pas prévu de Rendez-vous ce jour là et sa réunion était finie depuis des heures. Elle se dirigea vers l'Amiral.

Bastien faisait partie de la direction commerciale, il avait donc son bureau parmi tous les collaborateurs érigés à des fonctions similaires. Alex devait pour le rejoindre descendre jusqu'à l'accueil, traverser un patio puis se rendre dans le bâtiment d'en face. Toute la direction était logée là, et depuis des années les salariés appelait ce bâtiment l'Amiral, c'était rentré dans leur vocabulaire commun.

Alex n'avait pas le badge permettant d'entrer dans le bâtiment mais elle était suffisamment connue par l'assistante que celle-ci ne prenait même plus la peine d'appeler Bastien pour vérifier qu'elle pouvait la faire entrer. Elle lui adressa un petit salut à travers la vitre, et l'ouverture électrique de la porte se fit entendre immédiatement.

« Salut Alex ! Comment tu vas ? Ca fait un moment que tu n'es pas venue me dire bonjour ! »

« Coucou ! Oui, c'est vrai, j'étais pas mal occupée, puis tu sais les déplacements, les réunions, les formations, ça passe à une vitesse ! »

« Oui, j'imagine. Tu viens voir Bastien je suppose ? »

« Oui. »

« Tu risques d'être… »

Le téléphone sonna. Charlotte, l'assistante, fit un signe d'attente à Alex et décrocha simultanément. Alex attendit, retournant ce bout de phrase dans sa tête pendant toute la durée de l'échange. Lorsqu'elle raccrocha, Alex n'avait pas bougé d'un centimètre, elle attendait les poignets appuyés sur le comptoir en verre trempé.

« J'allais te dire que tu allais perturber son rendez-vous mais le voici qui s'en va. »

Elle salua immédiatement la jeune femme rousse qui sortait de l'ascenseur. Alex la dévisagea, la mine déconfite. Elle était grande, séduisante, et il y avait un air de déjà vu qu'elle ne parvenait pas à expliquer.

« Cette femme me dit quelque chose. »

« Ah oui ? C'est une la premières fois que je vois Madame Bost ici, un nouveau fournisseur sans doute. »

« Madame Bost ? »

Alex tomba des nues. Charlotte s'excusa de cette indiscrétion et lui proposa à boire. Alex s'installa dans le petit salon d'attente le temps que les vertiges s'estompent.

« Merci pour le verre d'eau, c'était un petit coup de chaud, je vais mieux, je vais voir Bastien à présent. »

Elle monta au cinquième étage, et ne prit pas la peine de frapper avant d'entrer. Il était debout vers la fenêtre, la chemise froissée, les cheveux un peu en bataille. Elle referma la porte au moment où il se retourna. Elle pressa le pas et appuya avec frénésie sur le bouton d'appel de l'ascenseur. Bastien arrivait au pas de course derrière elle, il lui demanda d'être discrète et de venir sans son bureau. Elle s'exécuta, imaginant le pire.

« Un peu plus et je te dérangeai. »

« Non. Tu ne me déranges jamais. »

« Arrête Bastien, tu ouvres la fenêtre alors qu'il fait une chaleur étouffante et que tu pourrais mettre la climatisation. Tu as les cheveux en bataille, et si je m'approche un peu plus je sentirai peut être le parfum de Mme Bost sur ta chemise froissée.. »

« Calme toi Alex, calme toi ! Manon Bost était là c'est vrai, mais il ne s'est rien passé. »

« Peu convaincant. »

« Je te le promets, que veux tu que je te dise d'autre ? »

« Ce qu'elle faisait là par exemple.. »

« Lorsque Claire et moi nous avons divorcé, j'ai gardé certains contacts avec Manon, estompés, rares, mais bien là. Elle avait été une amie proche pendant toute notre relation bref. Manon, c'est Manon, une personne dont je suis proche mais avec qui il ne s'est rien passé depuis que je suis avec toi. »

Un silence glacial parcourait la pièce, Bastien, mal à l'aise poursuivit.

« Je l'ai faite venir aujourd'hui car je voulais en savoir plus sur les intentions éventuelles de Claire, savoir si elle savait quelque chose. Elle a conservé comme une rancœur vis-à-vis de sa sœur entre le décès de leur père, notre divorce, notre mariage peut être aussi où elle aurait aimée être dans la robe blanche... »

« O.K donc t'es en train de me dire que c'est l'amour de ta vie que je viens de voir passer ? »

Elle hurlait sans s'en rendre compte.

« Tais-toi maintenant, ça suffit ! Ce n'est ni le lieu, ni le moment pour ce genre de scène surtout que tu es censée avoir rompu nos fiançailles je te rappelle. Ce n'est pas l'amour de ma vie, c'est peut être la clef à nos problèmes ! »

Il chuchotait à présent. Elle se calma et d'un ton détaché enchaina.

« Oui, d'ailleurs ce soir je ne dors pas à la maison, j'ai une piste. »

« Tu dors où ? »

« Tu n'as pas à le savoir. »

Elle s'avança vers la porte.

« As-tu déjà couché avec elle depuis qu'on est ensemble Bastien ? »

« Non. »

« Je ne sais pas si je peux te croire. Claire maintenant sa sœur, tu ne m'aides vraiment pas à avancer ! »

Elle claqua la porte.

Bastien s'installa derrière son bureau, la tête dans les mains, abasourdit par la scène qui venait de se produire sous ses yeux. Il avait simplement chaud et la climatisation de son bureau était en panne, mais ça, il n'avait pas eu une seconde pour le placer dans la conversation.

Alex passa devant Charlotte en adressant rapidement un petit signe de la main, soulagée qu'elle fût au téléphone au moment où elle s'en allait. Depuis le patio, elle pianotait d'une main un SMS à Olivier.

OK pour ce soir, en tout bien tout honneur. Merci de l'invitation. Alex

Il lui envoya l'adresse par retour une poignée de secondes plus tard. Sachant qu'elle ne réussirait pas à se concentrer, et l'heure avançant, Alex retourna à son bureau pour le ranger, et repartit aussitôt. Elle passa chez elle rapidement s'assurer que Pistouille avait tout ce qu'il fallait, se doucher, se changer, le tout sans croiser Bastien qui potentiellement pouvait arriver n'importe quand.

Elle repartit vers dix-huit heures, soulagée de ne pas l'avoir croisé, encore troublée par leur altercation de l'après-midi.

Echec et Mat

Olivier habitait dans Paris et Alex dû tourner un moment pour trouver une place de stationnement à proximité de son domicile. Elle n'avait pas franchement envie d'y aller mais elle savait aussi que cette opportunité lui permettrait peut être de trouver des informations. Elle prenait donc son temps pour trouver une place et enchaînait les tours du quartier. Elle tourna pendant presque une heure au rythme des musiques rythmées qui passaient à la radio.

Bastien tenta de la recontacter plusieurs fois pendant ce laps de temps, elle répondit au moment où elle tentait un troisième créneau pour rentrer dans la petite place qui s'offrait à elle. Elle lui demanda de manière impérative de patienter le temps de finir sa manœuvre. Bastien s'excusa de ne pas l'avoir tenue au courant de toute sa démarche, il lui demanda de rentrer chez eux, ce qu'elle refusa, expliquant qu'elle voulait faire bouger les choses. Il comprit très rapidement au fil de la conversation qu'elle serait l'hôte d'Olivier ce soir là. Son cœur se serra un peu plus fort mais il se garda de lui poser n'importe quelle question qui pourrait traduire sa jalousie. Elle nota la déception dans la voix de Bastien et cela lui fit extrêmement plaisir. Elle le laissa là, seul derrière son téléphone, sans même savoir ce qu'il allait faire de sa soirée.

Il était là, derrière son grand bureau, seul. Bastien faisait les cent pas, et chacun d'eux raisonnait sur le parquet. Le silence des lieux aurait du l'inciter à rentrer chez lui, ce qu'il fit passer vingt heures, sans autre nouvelle de sa fiancée.

« Ne regarde pas sur moi Alex, fais comme chez toi surtout ! »

Olivier avait passé la tête dans l'encadrement de la porte qui donnait sur la cuisine. Alex lui adressa un sourire. Elle sirotait un jus de fruit sur le petit Balcon de l'immeuble haussmannien du maître de maison. Elle regardait le vacarme de la ville s'agiter sous ses pieds, elle écoutait les bruits des terrasses gagner les étages. Pendant ce temps, Olivier s'afférait en cuisine, elle pouvait humer les odeurs délicates et parfumées dès qu'elle tournait la tête.

Il laissa mijoter son plat, et la rejoignit. Alex réalisa que le petit Balcon ressemblait plus à une grande rambarde où il était difficile de se tenir à deux qu'à une terrasse de toit lorsqu'il se colla près d'elle pour discuter. Le jus de fruit terminé, elle rentra poser son verre sur la table basse, il la suivit et sortit le champagne.

« Tu sais Olivier, je n'ai pas trop le cœur à la fête. »

« Je me doute, justement ce soir tu ne penses à rien, tu vides ta petite tête et tu te laisse transporter par les bulles. »

Elle pensa, à juste titre, qu'il n'était pas au courant pour l'évolution de sa grossesse. Elle trinqua donc, trempa les lèvres puis se dirigea vers la cuisine.

« Qu'est ce que tu prépares de beau ? Ca sent divinement bon ! »

Elle reposa le couvercle de la marmite en fonte et en profita pour verser discrètement une partie de sa coupe dans l'évier. Faisant mine de boire, elle revint s'asseoir sur le canapé. Ils discutèrent de tout, de rien, elle se surprit à rire aux éclats. Finalement Olivier avait plus d'humour qu'elle ne le pensait. Elle parvint à esquiver trois coupes de champagne grâce à l'évier ou le verre d'Olivier dès qu'il avait le dos tourné. Elle refusa la quatrième poliment prétextant sa faible tenue à l'alcool. Elle s'étendit dans le fond du dossier, et Olivier eut l'impression que c'était le moment pour passer à l'attaque.

« Tu sais Alex, je suis content que tu sois là, c'est maladroit de ma part mais... »

Il laissa sa phrase en suspend et posa une main sur sa cuisse.

« Olivier, je ne veux pas que tu te berces d'illusions, je te l'ai dit, c'est trop tôt pour moi... »

« Je sais... »

Il se leva et prépara les assiettes qu'il servit dans la salle à manger. Le repas fut expédié en moins d'une demi-heure, Alex prétexta être épuisée et vouloir se reposer. Olivier la conduisit dans la chambre, comprenant bien qu'il ne se passerait rien, sortit de l'armoire des draps propres afin de faire le lit.

« Je suis désolée de te causer tout ce bazar »

« Arrête, c'est moi qui te l'ai proposé, ça me fait plaisir de t'accueillir. »

Elle emprunta la salle de bain pour une douche fraîche avant de sombrer dans les bras de Morphée. Elle s'enferma à double tour pour se déshabiller, et prit le temps d'observer tout l'environnement qui se présentait à elle. Son premier réflexe fut de vérifier qu'il n'y avait qu'une brosse à dent au bord du lavabo, c'était le cas. Déçue, elle décida de ne pas s'arrêter là. Olivier lui avait indiqué qu'elle pouvait prendre une serviette dans le grand placard. Tout était impeccablement rangé mais pas de trace d'une présence féminine particulière. Elle aperçut des préservatifs, dans un coin de l'armoire, des huiles de massage et des lubrifiants en tout genre... elle referma le placard avec dégoût. Elle n'avait pas envie d'imaginer son chef en train de s'éclater dans un lit, elle désirait encore moins s'imaginer dans ce même lit.

Rien de rien, ses recherches ne donnaient rien. Elle était persuadé qu'il n'y avait pas l'ombre d'une âme féminine qui flottait ici ne serait-ce qu'à temps partiel. Elle prit sa douche, et se hâta d'aller au lit.

Bastien n'avait pas fermé l'œil de la nuit, Alex non plus. Il lui tardait de reprendre le chemin du travail. Une journée de travail bien remplie attendait Alex, son agenda en témoignait. Olivier semblait avoir mal au dos mais il proposa à Alex de rester quelques jours de plus, ce qu'elle déclina poliment. Elle se réfugia derrière ses parents chez qui elle pourrait aller si besoin. Elle se désola faussement d'un rendez-vous client matinal et en profita pour prendre congés plus rapidement que prévu. Olivier ne sembla pas relever ce départ précipité, elle était persuadée qu'il avait contrôlé l'emploi du temps faussé qu'elle avait renseigné la veille.

Ce matin là, elle roula vite, pressée de retrouver Bastien. Elle tomba sur lui au moment même où il fermait la porte de l'appartement. Elle se jeta sur lui, et prit deux minutes pour lui chuchoter que son plan n'avait rien donné. Alex était persuadée que Claire et Olivier ne menait aucune relation, sinon pourquoi aurait il été si entreprenant et attentif avec elle ?

Bastien voyait rouge de savoir qu'un autre homme tentait de séduire sa future femme, mais il ne pouvait rien dire, rien faire, sans éveiller les soupçons. Il jouait merveilleusement bien l'homme déprimé qui venait de se faire larguer. Les heures de sommeil qui manquaient au compteur l'aidaient mesquinement à mettre en avant des cernes prononcées.

Ce jour là, Bastien déjeunait avec M.Troudon, il était un des rares de la société à l'appeler Hubert et à le tutoyer. Bastien considérait ce privilège comme une marque d'amitié, de confiance et d'intérêt de la part de ce grand patron. Avec le temps ils étaient même devenus amis même s'ils ne se côtoyaient pas en dehors du travail. Alex ne savait même pas quel niveau de relation Bastien entretenait avec leur grand chef. Ce déjeuner clandestin s'était glissé dans son agenda deux jours plus tôt pour échanger sur la stratégie commerciale de la société, mais Bastien avait prévu qu'il en soit autrement.

Il trépigna d'impatience toute la matinée, retournant la situation dans tous les sens, sans vraiment savoir comment il allait aborder les choses. A onze heures et demi, il se dirigea au sous-sol pour prendre son véhicule et se rendit au Zebra Square dans le XVIème arrondissement pour son déjeuner.

Hubert était déjà là, installé à l'intérieur malgré le Soleil qui arrosait la terrasse. Une bouteille d'eau gazeuse trônait sur la table.

« Toujours aussi sérieux Hubert » lui lança t-il en montrant la bouteille.

« Toujours, tu me connais ! »

« Comment ça va ? »

« Ca va, les affaires c'est plus compliqué mais ce n'est pas à toi que je vais apprendre l'état du marché ces dernières années. »

« C'est sur que les chiffres sont légèrement en deça de nos espérances mais l'année n'est pas terminée, il y a une équipe sur Lyon qui espère rentrer un beau projet, j'espère que ça se concrétisera et que les chiffres s'en ressentiront. »

« Ce serait une bouffée d'oxygène pour la fin de l'année. »

« Comme tu dis. A part ça Hubert, quoi de beau ? Ta femme, tes enfants ? »

« Tout le monde va bien je te remercie, et par chez toi ? »

« Ca va aussi, une période un peu difficile à passer, mais bon, ça arrive à tout le monde… »

« Ce qu'on dit est donc vrai ? »

« Qu'est ce qu'on dit ? »

« Je suis un peu gêné d'aborder le sujet de manière aussi brutale mais on m'a laissé entendre que tu aurais des difficultés d'ordre personnelles à surmonter… »

« Personnelles ? Avec ma femme ? »

Hubert hocha la tête.

« Je ne te cache pas que tu m'intéresses Hubert, quelles sont tes sources ? »

Hubert, gêné rougit. Bastien reprit aussitôt toujours en chuchotant mais avec de l'énervement dans la voix.

« Non attend laisse moi deviner, c'est quelqu'un de Secretlife qui t'a appelé, envoyé un mail ou peut être même un pigeon voyageur ? »

« Pas si fort Bastien, oui j'ai reçu un mail de quelqu'un que je ne connais pas et avec une adresse mail inexistante mais je t'avoue que je n'ai pas compris pourquoi j'étais tenu informé de ta situation personnelle. Je t'ai donc demandé un déjeuner sous prétexte d'une réunion de travail pour en discuter au calme avec toi et surtout à l'abri des regards. »

« Hubert, ça fait des mois que je suis espionné, suivi, intimidé de diverses manières, je ne savais pas comment t'en parler mais je ne sais même pas si nos déjeuners sont réellement confidentiels. »

« Ne t'inquiète pas pour ça, j'ai mes habitudes ici, peut être que tu as été suivi mais personne ne sait que je suis là. Parle mon ami. »

« Bon, je ne sais pas trop par où commencer. J'ai surtout besoin de réponse pour t'expliquer. Quel est le rôle de Secretlife et pourquoi Secretlife ? »

« Avec la crise, il y a deux ans, nous avions besoin de diversifier nos activités, à cette période j'ai été approché par un monsieur, d'un certain âge qui est venu me faire des révélations troublantes sur ma vie, il a laissé une carte avec un numéro et j'ai appelé. Il se trouve que je suis tombé sur quelqu'un de cette société, je n'en sais pas beaucoup plus sur cette approche mais j'ai eu un rendez-vous avec une jeune femme, très belle, très intelligente, madame Viliani, qui semblait être la directrice de la société. Elle cherchait à s'associer pour lever des fonds, et leur activité, quoiqu'un peu limite je le reconnais, me permettait de présenter un plan d'action intéressant à la réunion annuelle. »

« Je me souviens, c'était un vague passage de cinq minutes dans une présentation de deux heures. »

« Tout à fait. Bref, nous avons pris part à l'aventure Secretlife. Je n'ai vu cette talentueuse jeune femme, qui ne m'a pas laissé indifférent, qu'à ce rendez-vous, pour la suite tout s'est fait par avocat interposé. Ca m'a beaucoup étonné, déçu un peu aussi, mais je me suis fait une raison. Business is Business. Point. »

« Madame Viliani as-tu dit ? Je n'ai jamais entendu ce nom. »

« Non, et pour cause, j'ai cherché sur internet, sur les réseaux sociaux Manon Viliani, mais je n'ai rien trouvé. Je me suis ensuite rendu chez mon avocat, et j'ai appris que cette femme n'était à priori qu'un autre intermédiaire d'approche puisque les contrats étaient au nom de Madame Bost, sans doute une histoire de nom de jeune fille ou chose dans le genre. »

« Madame Bost ? Ce n'est pas possible... »

« Tu es pâle, que se passe-til ? »

« Bon bon bon, OK attend une seconde. »

Bastien sortit son téléphone, chercha Manon Bost sur internet et le tendit à Hubert.

« Oui, c'est Madame Viliani, ravissante non ? »

« Oui, ravissante... c'est le mot. »

Bastien était anéanti. La serveuse s'approcha leur demandant s'ils souhaitaient boire quelque chose ou commander leur repas. Ils n'avaient pas encore pris le temps de consulter la carte, Hubert fit donc amener une bouteille de rosé pour patienter.

« Au final, nous avons diversifié notre activité de manière surprenante mais comme tu as pu le constater les chiffres parlent de manière positive depuis ce choix. »

« Oui, oui c'est sur. Mais je n'en reviens pas que tu approuves leurs méthodes. »

« Je ne les approuve pas, je fais avec, on a des emplois à sauvegarder ! »

« Oui, je sais que tu as raison, mais en ce moment cette société me pourrit la vie, et plus j'en sais, plus j'ai peur. »

« Je crois qu'il faut que tu m'expliques Bastien. Ce qui se dit ici, reste ici, comme d'habitude. »

« Quelles sont tes relations avec Olivier Aliveri ? »

« Olivier ? Il est de la famille éloignée, c'est le fils d'une lointaine cousine pour te la faire courte. »

« Oh, je vois. »

« Pourquoi, il y a un souci avec lui ? »

« Un souci..je ne peux pas vraiment dire ça comme ça, mais je me doutais qu'il connaissait des gens haut placés chez nous. Pour le reste, une histoire d'égo, j'ai l'impression qu'il s'approche un peu trop près de madame vois-tu. »

Hubert manqua de s'étouffer avec sa gorgée de rosé et explosa de rire.

« Olivier ? Je suis désolé pour toi, mais rassuré pour ma cousine, elle commençait à croire qu'elle n'aurait jamais de petits-enfants ! »

La mine renfermée de Bastien laissait planer un malaise entre les deux hommes.

« Excuse-moi Bastien, tu es tellement préoccupé que tu dois te faire des idées. J'essayais juste de te faire sourire. »

« J'espère que tu as raison… mais je suis quand même très embêté. J'ai entendu dire qu'il convoitait mon futur poste et tenterait par tous les moyens de me faire quitter la société. »

« Olivier est parfois un peu brute dans l'exposition de ses idées mais il ne ferait pas de mal à une mouche. Et puis entre nous, il n'a pas la carrure pour ton poste, c'est d'ailleurs pour ça que je ne l'ai même pas reçu en entretien quand il m'a envoyé sa candidature : trop jeune dans la société, pas assez d'expérience en général, bref il n'avait pas le profil que je recherchais. »

La serveuse réapparut pour prendre la commande marquant une pause dans leurs échanges. Dès qu'elle eut le dos tourné Hubert reprit :

« Bon tu me parlais de Secretlife, que tu avais fait des découvertes, raconte-moi ! »

« Je ne sais pas si je peux, je… »

« Mais bien sur que si, ça restera entre nous je te dis ! »

Hubert s'agaçait et cela se voyait dans son attitude, il commençait à trépigner d'impatience dans son fauteuil club.

« Bon tu as gagné, je te dis tout, mais ça ne va pas te plaire, je te préviens. »

Et c'est ainsi que Bastien déballa toute l'histoire, reprenant les approches de Claire, les approches de Secretlife envers lui ou ses proches. Hubert l'écoutait, il s'interrompit l'espace d'une seconde lorsque les assiettes furent déposées pour remercier la serveuse puis Bastien reprit son récit de plus belle. Au bout de longues minutes d'un monologue rythmé et empressé, Bastien conclut.

« Tu sais tout, ou presque. »

Bastien réalisa à ce moment là qu'il aurait du se taire. Hubert n'avait pas touché à son assiette. Il se leva se dirigea vers le comptoir, régla les consommations et le repas, puis s'arrêta à hauteur de Bastien.

« Félicitations pour le bébé tout de même. »

Il s'en alla sans que Bastien n'eût le temps de comprendre ou d'ajouter quoique se soit. Il eut l'impression d'avoir perdu une partie d'échec sans n'avoir eut ni le temps ni l'opportunité de placer son roi.

Bastien se coupa du monde et rentra chez lui, dépité. Il attendit qu'Alex revienne de ses rendez-vous pour lui raconter comment il avait tout gâché.

Sans dessus dessous

Alex était folle en apprenant le récit de Bastien, elle ne put s'empêcher de l'insulter, elle avait le sentiment qu'il l'avait trompé, manipulé pendant toutes ces années en lui cachant son amitié avec Hubert Troudon. Pire que ça, elle avait l'impression qu'il avait été manipulé et lâche en racontant tout ce qu'il savait.

Elle se sentait en danger vis-à-vis de son poste, de sa société, vis-à-vis d'Olivier. Elle redescendit de son ascenseur émotionnel quelques minutes après, en larmes. Bastien s'excusait comme il pouvait, mais rien à faire, Alex sentait que la fin de l'aventure était proche, et que tout allait voler en éclat.

« Notre seul espoir c'est que tu ais réussi à être convaincant, à semer le doute sur sa sphère familiale et qu'il prenne le temps de réfléchir avant de faire quoique se soit. »

« Oui, je l'espère sincèrement. »

Elle se releva subitement, regarda l'heure, il était plus de dix-neuf heures. Elle prit son téléphone et tenta de joindre Olivier. Elle tomba sur sa messagerie après cinq sonneries. C'était mauvais signe, elle se posa dépitée à côté de Bastien.

« Il ne me répond plus, ça craint. »

Olivier la rappela pourtant quelques minutes plus tard.

« Salut Alex, tu m'as appelé ? Tout va bien ? »

« Non pas trop, Bastien ne va pas tarder à rentrer, mais… je ne me sens pas le courage de l'affronter, est-ce que tu m'accueillerais encore ce soir ? Je prends le canapé cette fois. »

« Oui bien sur, j'allais t'appeler, mon chef veut me voir demain, je vais devoir reporter la réunion d'équipe à vendredi, tu peux te le noter. Viens quand tu veux, j'arrive chez moi là. »

« OK. Merci. »

Bastien qui avait tout entendu bondit du lit.

« Tu ne vas pas retourner chez ce malade quand même ? »

Il était hors de lui.

« Je ne retourne pas chez ce malade de gaité de cœur, je vais juste tenter de lui montrer que je suis de son côté pour rattraper tes conneries je te signale ! »

Elle claqua la porte la porte de la chambre et se prépara. Elle sécha ses larmes et procéda à une retouche maquillage rapide et se changea.

Bastien trouvait qu'elle était belle, trop belle pour se rendre chez celui qu'il méprisait le plus ces derniers jours mais il ne disait rien, il se sentait faible et misérable. Elle l'embrassa et s'en alla. Il tenta de joindre Hubert Troudon mais tomba directement sur sa messagerie. Il bredouilla un message vocal puis l'effaça avant de raccrocher.

C'était la première fois que Bastien se retrouvait dans une situation d'échec qui mêlait à la fois sa vie professionnelle et sa vie personnelle et il ne savait pas comment s'extirper de là. L'homme qui semblait si fort, si sur de lui, se retrouvait à ramasser à la petite cuillère au pied de son lit.

La soirée promettait d'être longue pour ceux qui doutent.

~~~~

Ce soir là, Alex n'eut aucune difficulté à trouver une place. Il faut croire que les gens étaient partis en vacances.

« Ironie du sort quand tu me tiens » laissa-t-elle planer à voix haute en se garant comme une fleur en bas de chez lui.

A peine avait-elle sonnée qu'il lui ouvrait déjà la porte de l'immeuble. Elle traversa la cour, sachant précisément où elle se rendait cette fois-ci, et inspira un grand coup avant de toquer à la porte. Olivier ouvrit quasi immédiatement, un tablier de cuisine autour de la taille.

« Bonsoir Olivier, merci de m'accueillir. »

« Salut Alex, rentre. »

Elle posa son petit sac et sa sacoche d'ordinateur dans l'entrée puis se dirigea pour le rejoindre vers la cuisine.

« Ca sent bon par ici, qu'est ce que tu prépares ? »

Elle se tenait dans l'encadrement de la porte, sa robe noire lui dessinait une taille de guêpe et personne n'aurait pu deviner à cet instant qu'un tout petit habitant se créait un nid douillet par ici. Olivier ouvrit le couvercle du fait-tout :

« Devine ! »

Elle reconnut sans aucune hésitation l'odeur des tagliatelles au saumon qui baignaient dans une petite crème juste assaisonnée de sel et de poivre. Il ne manquait que les quelques brins de ciboulette qui attendaient dans une assiette. Cette odeur lui rappelait son enfance, elle ne se trompait pas, sa mémoire olfactive avait prit le dessus.

Olivier reposa ses ustensiles et s'approcha d'elle, il l'enlaça, elle ne le repoussa pas cette fois. Il l'embrassa, elle recula, il ajouta :

« Doucement, je sais, je ne te brusquerai pas. »

« Merci. »

Olivier avait le sourire, cette soirée prenait la tournure dont il rêvait depuis un long moment. Alex s'installa dans le canapé, tentant de dissimuler sa nervosité. Elle apercevait depuis là où elle était assise qu'il avait saisit son téléphone et semblait envoyer un message, elle se releva et le rejoignit dans la cuisine afin de l'interrompre tout en plaisantant :

« Sinon, on mange quand, c'est que j'ai fait de la route moi, j'ai faim ! »

Il posa son téléphone à la hâte, se retourna et la prit dans ses bras.

« Rapidement madame, je m'exécute. »

Il ôta du feu l'ensemble et laissa le couvercle garder au chaud son plat. Il s'excusa quelques instants, prit son téléphone et s'enferma dans les toilettes. Alex était persuadée qu'il allait continuer son message mais au vu du parquet grinçant elle n'osa pas s'approcher de la pièce maîtresse de l'appartement.

Il sortit une poignée de minutes plus tard, le téléphone rangé dans sa poche, se lava les mains puis mit la table. Ils mangèrent dans la bonne humeur, Alex se laissait même aller à quelques sous-entendus sous la table lorsque son pied effleurait sa jambe.

Elle jouait si bien la comédie qu'elle-même avait l'impression d'être une femme fatale ce soir là.

A la fin du repas, après avoir rangé la table, ils s'installèrent dans le canapé. Le téléphone d'Olivier vibra, Alex le sentit contre sa cuisse. Olivier s'écarta d'elle pour le saisir :

« Mince, c'est Hubert, il faut que.. »

Elle le regarda avec ses grands yeux doux, prenant un air légèrement attristée. Elle se leva et suggéra :

« Il est tard, ça ne peut pas attendre demain ? »

Elle l'embrassa. Il lâcha le téléphone et l'embrassa en retour. Le vibreur s'arrêta quelques instants plus tard sur le coussin du canapé.

« C'est effectivement plus intéressant qu'une conversation de travail à cette heure tardive. »

« Je trouve aussi. »

Elle effleura son bras, attrapa sa main en se rasseyant. Elle sentait Olivier démangé par des pulsions qu'elle n'avait pas envie de satisfaire, elle savait aussi qu'il serait compliqué d'y échapper à présent.

« Comment se fait-il que le grand M.Troudon t'appelle à cette heure là ? Tu joues au Poker avec lui en nocturne ? »

Il explosa de rire.

« Oui, mais tu l'imagines ensuite dans un club libertin pour finir la soirée ? Il faut décrire le tableau complet de la situation ! »

« Lui…non, toi… je ne sais pas ! »

« Mystère ! »

Elle ria puis reprit.

« Sérieusement, t'es souvent embêter tardivement comme ça ? »

« Non, non, rassure-toi. En fait, je ne devrais pas le dire, mais Hubert fait partie de la famille éloignée du côté de ma mère. »

« Oh… ça, c'est… waouh… tu connais bien le directeur… c'est fou ! Ne me fais pas virer s'il te plait ! »

« Aucun risque. »

Il lui adressa un clin d'œil puis s'approcha tellement qu'elle dut s'allonger sur le canapé le laissant prendre l'ascendant. Elle se laissa embrasser avant de l'interrompre.

« Je prendrais bien un peu d'eau si ça ne te dérange pas. »

Il lui servit un verre, elle ouvrit la porte fenêtre et se posa là le temps de remettre ses idées au clair.

« Alex, je sais que la situation n'est pas simple pour toi, mais je suis heureux que tu sois ici. »

Ne s'attendant pas à une telle déclaration elle manqua d'avaler de travers.

« Merci Olivier, merci d'être simplement là et compréhensif. »

Elle posa sa main sur son avant bras avant d'ajouter à voix feutrée :

« Ca compte pour moi que tu respectes mes doutes et ma douleur. »

Il caressa ses cheveux et déposa un baiser sur son front avant de s'éclipser dans la cuisine. Alex resta un moment seule à contempler la vie qui défilait sous ses pieds. Elle se demandait comment la situation allait évoluer et ses traits tirés en disait long sur son niveau d'inquiétude quant aux événements à venir. Elle se demandait si Hubert Troudon n'était pas en train de le contacter par message, et espérant qu'Olivier ne chercherait pas à rentrer en contact avec lui avant le lendemain. Elle n'avait pas de plan précis, elle savait juste qu'il fallait gagner du temps.

Olivier l'appela depuis la chambre, ne sachant que répondre, elle se contenta de le rejoindre, le plus posément possible. Il la serra contre lui.

« Veux tu que je dorme sur le canapé ? »

« Je ne peux pas te demander ça… juste… de respecter mes positions. »

Le mot était mal choisit, elle s'en rendit compte au moment où il s'échappa de sa bouche. Confuse, elle bredouilla sans trouver ses mots. La voyant rouge pivoine, il la rassura :

« Calme toi, calme toi, j'ai bien compris. Ton lapsus me plait beaucoup mais je t'assure que même si j'ai très envie de toi, je saurais dormir en tout bien tout honneur à tes côtés. Mon canapé est surtout terriblement désagréable quand il s'agit de dormir dessus. »

Rassurée, elle se laissa embrasser une nouvelle fois sans broncher avant de s'éclipser dans la salle de bain. Elle entendit Olivier au téléphone à travers la porte, il semblait contrarié. La seule phrase qu'elle comprit avant qu'il ne s'éloigne fut :

« Qu'est ce qu'il va foutre là-bas à une heure pareille ? Merde, il va chez Hubert ! »

Alex prit peur et profita d'être cachée dans la salle de bain pour envoyer un SMS à Bastien.

~~~

Bastien trépignait à côté de son téléphone en espérant des nouvelles d'Alex mais il restait désespérément seul devant une chaîne d'informations en continue depuis le début de la soirée.

Hubert le rappela tardivement, Bastien, très surpris décrocha prudemment.

« Allo ? »

« Bastien, c'est Hubert. »

La voix était grave, posée, Bastien pouvait deviner à travers le téléphone l'odeur de whisky qui devait s'échapper de la bouche de son ami. Il n'avait pas tort, Hubert était installé dans le fauteuil en cuir marron dans son salon privé où en plus de travailler, il pouvait lui arriver de recevoir du monde. Un cigare, un verre de whisky, et à présent Bastien au bout du fil, trois éléments qui résumaient la soirée d'Hubert Troudon.

« Bonsoir Hubert. Je suis terriblement... »

« Bastien, je ne sais pas ce qu'il se passe, je ne sais pas si j'ai réellement envie de le savoir. Je ne supporte pas que tu aies souillé l'image de quelqu'un de ma famille, comprends tu ? »

« Oui, parfaitement. »

« J'ai voulu joindre Olivier pour avoir une explication. »

Bastien blêmit, il se rassit dans le canapé de manière peu délicate faisant fuir Pistouille.

« Bastien tu m'entends ? »

« Oui.. »

« Ca n'a pas l'air d'aller… »

« Poursuis je t'en prie, qu'on en finisse. »

« Poursuivre quoi ? Je n'ai pas réussi à joindre Olivier. »

« Ah ! »

Il sortait du fond du cœur, Bastien ne savait pourtant pas s'il devait être soulagé.

« Bastien, je sais qu'il est très tard, et je ne voulais pas te déranger, tu dois avoir autre chose à penser en ce moment mais je crois qu'il faut qu'on parle sérieusement. »

« Au contraire Hubert, au contraire, je ne pense à rien d'autre. On se retrouve au bureau ? »

« Passe à la maison je t'envoie l'adresse par SMS, ma femme est en thalasso avec une copine, les enfants sont en colo, bref on sera tranquille. »

« OK, j'attends ton message, je me prépare et j'arrive. »

A la hâte, Bastien prépara tous les documents qu'il avait en sa possession retraçant les différents événements, c'est-à-dire peu de choses. Son calepin dans lequel il consignait tous les moindres détails de l'affaire depuis le début était sans doute son seul vrai allié. Il y avait noté notamment les adresses qu'Alex avait pu lui communiquer, des brides d'échanges avec Claire, tout plein de petits détails insignifiants qui peut être auraient un jour une signification. Il espérait que ce jour soit arrivé, enfin.

Son portable vibra de manière bruyante sur la table en verre tandis qu'il cavalait partout pour être sur de n'avoir rien oublié. Il stoppa net sa bougeotte pour saisir son téléphone et mémorisa l'adresse avant d'attraper ses chaussures et de filer.

Il roulait en direction de Sèvres et malgré la nuit qui tombait petit à petit il distinguait parfaitement les coquettes maisons du quartier résidentiel dans lequel il s'enfonçait.

« Eh beh, il ne s'emmerde pas, il est bien installé là ! »

Bastien parlait souvent seul en voiture, un moyen pour lui de se délasser de toutes les tensions qu'il accumulait.

Au moment où il se garait le long du trottoir, le GPS de son téléphone laissa place à un message d'Alex.

« Enfin, c'est pas trop tôt ! » marmonna-t-il

Est-ce que tu vas chez Hubert ? Je crois que tu es suivi ! Tu as quelques secondes pour répondre, après je dois couper le tel.

Il paniqua, l'air blême.

J'y suis...

~~~~

Alex fut prise de vertige, elle se tenait au lavabo, et ouvrit le robinet pour qu'Olivier puisse entendre qu'elle était occupée.

Fais attention à toi mon amour, je t'aime. J'ai peur pour toi.

Elle coupa son téléphone.

Elle se prépara rapidement pour aller se coucher, puis ne trouvant pas Olivier lorsqu'elle sortit de la salle de bain se dirigea vers la pièce de vie. Il était à la fenêtre, toujours au téléphone. Elle n'osa pas s'approcher de peur d'être démasquée. Elle recula de quelques pas, puis lança :

« Olivier ? »

Le forçant ainsi à raccrocher, Olivier arriva d'un pas rapide vers elle.

« Qu'est ce qu'il y a ? »

« Je ne te voyais plus j'ai cru que tu avais disparu ! »

Il s'efforça de sourire mais Alex sentait bien qu'il était préoccupé.

« Qu'est ce que tu as ? »

« Oh rien... ne t'inquiète pas. »

« Un peu quand même, je vois bien que ça ne va pas. J'ai fait ou dit quelque chose ? »

« Mais non, rien à voir avec toi, je suis ravi que tu sois ici. »

Elle prit un air déçu et tourna les talons.

« Bon... bonne nuit alors. »

« J'arrive. »

Olivier était tiraillé, il avait envie de rejoindre Alex, de lui expliquer mais il voulait aussi en savoir plus. Si près du but, il ne pouvait pas se permettre d'échouer. Il resta hésitant près de la chambre, le téléphone à la main puis se dirigea finalement vers le salon. Il passa quelques coups de fils pour ameuter ses troupes sur ce dossier brulant. Alex qui tendait l'oreille depuis la chambre, faisant mine de chercher quelque chose dans son sac.

« Je m'en fiche, tu sors de chez toi, tu vas au bureau et tu trouves un moyen de contacter M.Troudon par message ou téléphone en lui révélant quelques vérités B & C...ou j'en sais rien trouve quelque chose ! »

Il raccrocha, furieux. Alex, sentant le vent tourner prit la bonne résolution de se glisser dans les draps avec un magazine, elle le dupa simplement en fermant les yeux et en laissant traiter entre ses mains le magazine entrouvert.

Il inspira profondément avant de passer la tête dans l'encadrement de la chambre, constatant qu'elle s'était paisiblement endormie, il prit la peine de faire quelques messages sans bouger de là. Grâce à la lumière tamisée de la lampe de chevet, elle pouvait entrouvrir légèrement les yeux pour apercevoir son reflet dans la fenêtre sans être vue.

Lui, comme bloqué sur l'image d'Alex dans son lit restait stoïque. La jambe nue, dépassait des draps, tout comme son épaule, et le cerveau d'Olivier carburait sur cette vision de douceur et d'envie. Il laissa son téléphone sur la console, se mit en boxer, et entra dans la chambre. Il ne pouvait s'empêcher d'espérer qu'elle se dévoilerait à lui ce soir. Il fit le tour du lit, éteignit la lampe, s'asseya au bord lit pour saisir le magazine et le poser sur la table de nuit. Il caressa ses cheveux, espérant la réveiller délicatement et laisser la suite décider de sa nuit.

« Ca fait longtemps que tu es là ? Je me suis assoupie je crois. »

« Je crois aussi. »

Il n'arrêtait pas de lui caresser la tête, elle trouvait ce geste particulièrement gênant car Bastien avait exactement la même habitude.

« Il est tard ? »

« Non, pas trop, presque vingt-deux heures trente. »

« OK. Tu as l'air soucieux Olivier, je n'aime pas ça, surtout vu la situation ces derniers temps. »

Olivier prit au dépourvu espérait bien que cette question serait mise de côté.

« Ca va, quelques petits soucis de travail, rien de méchant. »

Elle allait l'embrasser mais s'arrêta instantanément.

« Tu mens très mal. Ca commence bien. »

Elle se rallongea et se tourna de l'autre côté.Piqué au vif, il sentait que ce n'était pas le moment de faire un pas de travers, il ne voulait pas perdre celle qu'il attendait depuis si longtemps. Il rêvait de ses lèvres soyeuses et maintenant qu'elles étaient là prêtes à l'embrasser il ne pouvait pas la décevoir.

« Tu as raison. Je ne sais pas mentir. »

Elle releva légèrement la tête et dirigea son regard vers lui sans ajouter un seul mot.

« Je…j'ai attendu depuis si longtemps ce moment, être là avec toi, c'est…c'est l'une des plus belles choses qui me soit arrivée tu sais. »

« C'est ça le problème ? »

« Non, bien sur que non. Bon, je te dis tout mais reste discrète s'il te plait. »

« Promis. A qui veux-tu que j'aille parler de toute façon ? A Bastien avec qui je me suis pris la tête comme pas possible avec toute cette histoire à dormir debout...je te rappelle que j'ai tout perdu. »

Elle prit une mine triste subitement.

« Tu m'as moi, tu peux compter sur moi. »

« Merci Olivier. »

Il la prit dans ses bras.

« J'ai appris que Bastien s'était rendu chez Hubert ce soir. »

« Quoi ? Je ne savais même pas qu'ils se voyaient en dehors du travail... »

« Je ne pense pas qu'ils se voient habituellement... mais du coup, j'ai peur qu'il ait pris les devants. Hubert est de ma famille mais s'il a confiance en Bastien il risque de remettre en doute ma parole et honnêtement, au vu de tout ce que je sais, je ne le supporterai pas. »

« Je comprends, mais tu as toutes les preuves, lui il n'a que sa parole. »

« Oui, c'est vrai... Mon associée ne se laissera pas faire de toute façon. »

« Ton associée ? Je croyais que tu menais seul la barque. »

« Non, non, j'ai une associée sur le dossier. »

« Oh, une associée… »

Cette fois, le ton de la presque jalousie résonnait dans la chambre.

« Une associée dont je n'ai que faire, l'important c'est toi. Il faut demain que je prenne les devants et me rende dans le bureau d'Hubert sans croiser ton ex. Je pourrais lui exposer la situation. »

« Dis…à terme, ça veut dire que la société se portera mal et qu'on risque de perdre nos emplois ? Je veux dire…je dois m'inquiéter et commencer à chercher ailleurs ? »

« Non, bien sur que non ! On va traverser une période difficile, un scandale peut être, mais on se relèvera, tout est prévu. Et, je me chargerai spécialement de te trouver une place confortable avec l'appui de Manon, mon associée. »

« Manon, un joli prénom… »

Elle riait.

« Pas de jalousie s'il te plait, pas déjà. »

Il plaisantait, elle aussi, la soirée se termina dans des éclats de rire mêlés à de doux baisers qu'elle ne pouvait repousser. Elle se félicitait intérieurement d'être si bonne comédienne.

Elle fit mine de s'endormir rapidement, il se colla contre elle l'empêchant pendant une bonne partie de la nuit de s'extirper du lit. Vers quatre heures, lorsqu'elle ouvrit les yeux, elle se dégagea tranquillement et s'approcha de son sac dans la pénombre de la chambre.

Elle s'installa dans le canapé et alluma son téléphone. Il vibra dans tous les sens.

Chez Hubert, je te tiens au courant, coupe ton tel.

Et encore :

Je lui raconte tout, je déballe tout, plus rien à perdre.

Enfin :

Alex, j'ai peur, j'espère que tu vas bien. Pas d'imprudence.

Elle supprima tous les messages. Puis en rédigea un nouveau :

Il parlera à Troudon demain. Associé à une certaine Manon (Bost ?). Ne t'inquiète pas il croit qu'on est ensemble. Je supprime tout, je coupe mon tel. Je t'aime

Elle vit que son message était distribué, signe que Bastien n'avait pas coupé son téléphone cette nuit là. Elle espérait que tout aille pour le mieux. Elle entendit le bruit du sommier et pensant qu'Olivier se levait elle se dirigea à la fenêtre, après avoir éteint et déposé son téléphone sur la table. Elle avait vu juste.

« Ca va mon cœur ? »

Elle avait envie de vomir mais répondit simplement :

« J'avais un peu chaud, je n'arrivais plus à dormir alors je suis venue prendre l'air. Excuse moi je ne voulais pas te réveiller. »

Elle distinguait Olivier torse nu, elle n'aurait décidément pas pu vivre une grande histoire d'amour avec lui, elle avait horreur des torses poilu, et le siens présentait une pilosité qui l'horripilait au plus au point. Elle s'efforçait de sourire. Il aperçut le téléphone sur la table.

« Tu sais que se mettre sur son téléphone n'aide pas dans ces moments là ? »

« Oui m'sieur, c'est pour ça que je l'ai éteint, ça m'évite de jouer à des jeux stupides. »

« Moi non plus je ne dors plus… je te fais une tisane ? »

« Oui, c'est une bonne idée. »

Ils discutèrent de tout et de rien, mais très vite Alex remit sur la table le sujet du moment qui préoccupait Olivier. Elle lâcha :

« Tu sais, c'est compliqué pour moi d'admettre que l'homme avec qui j'avais de grands projets n'était pas celui que je croyais. »

« J'imagine oui, la blessure narcissique que tu ressens, je t'aiderai à la guérir, je veux que tu te sentes belle et aimée. »

Elle esquissa un sourire.

« Merci, mais je crois que c'est un chemin que je dois arpenter seule, j'ai besoin de me reconstruire, de comprendre, j'ai l'impression d'avoir été piétinée… Est-ce que tu aurais encore le dossier de cette affaire que tu m'avais prêté ? Je voudrais revoir certaines photos pour tenter comprendre… »

Olivier était désolé de voir celle qu'il aimait dans cet état, elle qui rayonnait habituellement ne lui offrait qu'un visage sombre et triste. Il semblait hésiter.

« Je ne sais pas si c'est une bonne idée… »

« Pourquoi ? »

« Je… je ne voudrais pas que tu remues encore tout ça. C'est déjà si difficile pour toi. »

« Je te remercie pour ta sollicitude, mais là, j'en ai besoin. »

Le ton était ferme, directif, mais relativement posé à la fois. Elle se sentait prise d'une grande maîtrise d'elle-même et se demandait d'où cette force lui parvenait. Olivier, ne voulant pas la brusquer, céda à sa requête et lui confia le dossier qu'il cachait dans sa penderie.

Par politesse elle resta à discuter avec lui jusqu'au petit matin, Olivier n'irait pas à Medisafe avant neuf heures il devait se rendre dans les bureaux de Secretlife avant, elle prétexta quelques offres à préparer pour se rendre au bureau le plus tôt possible.

Le temps qu'il prenne sa douche, elle prit des photos avec son téléphone d'un maximum d'éléments. Lorsqu'Olivier sortit de la salle de bain elle lança :

« Je peux t'emprunter la clef USB pour lire deux ou trois choses aujourd'hui ? »

« Non Alex, je ne veux pas qu'elle traîne cette clef, elle ne doit jamais quitter le dossier, je te l'ai déjà dit. »

Elle n'insista pas ne voulant pas lui mettre la puce à l'oreille.

« Oui, c'est vrai, j'ai une petite mémoire parfois ! Désolée ! »

« Pas grave. Pose le sur le lit, je vais être à la bourre faut que je me dépêche. »

« Ca marche, je peux le ranger si tu veux…»

Elle se dirigea vers la penderie, et découvrit qu'à côté de quelques pulls et chemises soigneusement pliés se dressait une pile de dossiers tous plus colorés les uns que les autres et d'épaisseurs différentes.

« Non, ce n'est pas la peine, laisse je te dis ! »

Le ton d'Olivier avait changé, il semblait froid et méfiant. Elle se hâta de poser le dossier sur le lit, persuadée qu'autre chose se cachait ici.

« Est-ce que j'ai le temps de prendre une douche ? Promis je me dépêche. »

Olivier sembla gêné de lui interdire cette requête de bon matin.

« Oui, je vais te laisser un double des clefs, tu fermeras en partant, OK ? »

Alex sentit le doute dans sa voix et crut bon d'aller le rassurer. Elle se déshabilla et c'est en sous-vêtements, tandis qu'il terminait son nœud de cravate qu'elle se serra contre lui.

« Merci Olivier. »

Elle parcourait son torse de ses mains, tandis que se regardant dans le miroir tout en ajustant sa cravate, il n'avait pas encore aperçut la tenue légère et sexy qu'elle portait.

« Tu ne devais pas te dépêcher ? » Il se retourna au même moment, le ton était presque froid, agacé.

« Je me déshabille, c'est bien par là qu'il faut passer avant de se doucher non ? »

Gêné, troublé même, il s'excusa maladroitement d'avoir un peu haussé la voix.

« J'ai tellement de mal à croire que tu sois là, avec moi… »

« Et pourtant… »

Elle saisit son visage de ses deux mains, se hissa sur la pointe des pieds, se cambra légèrement et embrassa langoureusement Olivier qui baladait ses mains sur son corps s'attardant généreusement sur ses fesses mises en valeur par la dentelle noire de son tanga.

« J'ai envie de toi, là. »

« Mais tu n'as pas le temps… » Lui lança-t-elle avec un air de défi, un sourire en coin.

« Non, je n'ai pas le temps, mais… »

Il la souleva, et tandis qu'elle s'accrochait autour de son cou sans cesser de l'embrasser, il la plaqua contre le mur. Elle sentait son membre se durcir au travers du costume, et malgré la gêne terrible qui s'emparait d'elle, elle se laissa faire ne voulant attirer aucun soupçon.

Le sexe semblait être le meilleur moyen pour gagner du temps. Elle gagnait du temps.

Le téléphone d'Olivier vibra bruyamment contre la table basse, il ne sembla pas réagir. Alex dégagea sa bouche pour le lui signaler.

« On a mieux à faire. »

La conversation s'arrêta là. Olivier semblait sur de lui, un peu trop peut être lorsqu'il la poussa sur le lit, Alex n'était pas à l'aise devant cet homme qui se déchainait sur elle comme s'il tenait un bout de viande. Ses baisers sur son corps étaient maladroits, ses mains se baladaient grossièrement dans des mouvements rapides. Elle donnait le change, faisant mine d'être émoustillée par cet homme à moitié avachi sur elle, lorsqu'il lui mordit le sein elle ne put s'empêcher de retenir un petit cri qui marqua une pause dans la gestuelle de son partenaire. Il se redressa, se rhabilla, la laissant à moitié nue sur le lit.

« Je dois y aller, mais ce soir … rentre vite ! »

Il boucla sa ceinture, et tandis qu'Alex se relevait, il lui tourna le dos. Elle eut peur de l'avoir braqué et préféra le rassurer sur la situation. Il allait passer la porte de la chambre quand elle l'interpella.

« Olivier ? »

« Oui ? »

Une jambe sur le lit, la poitrine en avant elle ajouta le regardant droit dans les yeux.

« Ce soir, c'est moi qui mène la danse ! »

Elle se dirigea vers la salle de bain en jetant sa lingerie par terre. Il revint sur ses pas, la serra contre lui, l'embrassa au plus profond d'elle-même.

« Je ne crois pas… ce soir tu es à moi. »

Sa tentative de caresse s'apparentait à un harponnage. Elle n'ajouta rien, sentant son besoin de dominer la situation, elle se laissa faire, coincée dans l'encadrement de la porte. Elle avait compris qu'Olivier avait besoin de tout maîtriser, dans toutes les situations, et qu'en plus de ça il aimait le sexe vulgaire et bestial. Alex avait mis le temps mais elle avait compris. Elle le pensait doux et romantique, elle s'était trompée, sur toute la ligne. Elle passa ses mains dans ses cheveux, se montrant ainsi docile et disposée, il ne tarda pas à plaquer ses bras allongés contre le bois blanc. Elle laissa s'échapper un petit gémissement avant de lui chuchotée :

« J'ai envie que tu me prennes là comme une bête. »

Plus cambrée que jamais, elle tentait de l'encercler de sa jambe gauche, se dévoilant ainsi sans pudeur. Il la retourna sèchement, se plaqua contre elle et murmura à son oreille.

« Patience, je t'ai dit ce soir, tu ne m'écoutes pas ? »

Il s'en alla, la laissant là sans dire un mot de plus. Elle avait compris, elle avait gagné du temps.

Elle entendit le bruit d'un trousseau de clefs sur le meuble de l'entrée puis le claquement de la porte, c'était fini. Enfin.

Une fois dans sa voiture, fenêtres fermées et moteur en route, Alex composa le numéro de Bastien. Il décrocha rapidement mais écourta l'échange, elle eut juste le temps de lui dire qu'elle passerait à son bureau.

Alex ne savait pas comment procéder, elle sortit de sa voiture un petit carton fermé, qui ne contenait que des documentations de leurs produits, qu'elle trimballa à bout de bras dans les locaux de Medisafe. Elle se dirigea directement vers l'Amiral, la porte était ouverte, le ménage venait juste d'être fait. Il était tôt et Charlotte n'était pas encore arrivée, une chance, avec les rumeurs qui couraient sur son couple, Alex n'était pas sure de pouvoir se rendre au bureau de Bastien aussi aisément qu'à son habitude, elle avait donc prévu l'excuse en béton : lui rendre des effets personnels.

Elle ne frappa pas et appuya sur la poignée avec son coude, mais la porte resta fermée. Elle était verrouillée et Alex était là au milieu du couloir désert à l'attendre. Elle sentait les larmes qui montaient et prit appui sur le mur du bureau.

Un pas vif se fit entendre dans les escaliers et Alex se redressa espérant que Bastien ferait son apparition. Ce fut le cas. Soulagée elle se laissa retomber contre la paroi vitrée. Bastien ne l'embrassa pas, par prudence, il garda la mine fermée et ouvrit la porte. Une fois enfermés et seuls, il s'approcha.

Elle ne l'embrassa que furtivement tant elle avait l'impression de transporter le voile d'un autre parfum et de culpabilité sur ses lèvres. Ils prononcèrent en chœur :

« Alors ? »

Bastien baissa les yeux, Alex ne l'avait jamais vu comme ça.

« Je vais remettre ma démission Alex. C'est fini. Terminé. »

« Quoi ? Tu plaisantes là ? »

Alex, les yeux écarquillés, n'en revenait pas. Ce n'était pas son Bastien ça, celui qui n'abandonne pas et se bat pour ses convictions.

« Alex je n'en peux plus, on se brouille, tu découches, ici les regards se posent sur moi, tout le monde pense que notre couple va mal, Claire fait pression pour que je l'aide, Hubert ne me croit pas… c'est fini, j'arrête. Ils ont gagné. »

Elle s'approcha de lui, lui prit la main et la posa sur son ventre.

« Mon amour, ne parle pas ainsi, je suis toujours avec toi, à toi, et n'oublie pas ce petit être en moi… que s'est il passé avec Hubert ? »

« Je suis allé chez lui pour tenter de m'expliquer, je lui ai tout déballé, et puis…et puis, il ne m'a pas cru. Tout du moins il ne voulait pas désavouer quelqu'un de sa famille aussi éloigné soit-il. Il m'a promis de me recommander ailleurs pour que je retrouve rapidement du travail, en attendant, je fais mes cartons et je m'en vais. »

« Non, non, non ! Ce n'est pas possible, on va trouver une solution, j'ai des preuves ! »

« Comment ça ? »

« Ce matin, j'étais chez Olivier, j'ai fouillé un peu...il y avait ce gros dossier dont je t'ai parlé, mais il en avait un autre planqué dans ses étagères. Dedans il y avait des tas de documents. Je crois qu'Olivier ne veut pas ta place, on a tout faux, c'est Manon Bost qui chercher à se placer professionnellement. »

« Qu'est ce qu'il veut lui ? »

« Je...je ne sais pas. »

Elle rougissait tant la situation était absurde.

« Toi ? »

« Peut importe ce qu'il veut, on s'en fiche de lui. Il y a un souci avec ta Claire et ta Manon là ! »

« As-tu couché avec lui ? »

« Non ! Arrête avec cette jalousie mal placée, le problème est ailleurs en ce moment, je te dis ! »

« Tu as ramené les documents ? »

« Non, je ne suis pas folle mais regarde ça ! »

Elle sortit son téléphone de son sac à main et montra à Bastien un contrat signé par Manon et Olivier où il était clairement stipulé que celle-ci deviendrait à terme la nouvelle directrice commerciale France de l'entité Medisafe et qu'Olivier prendrait la direction de Secretlife. Plus intéressant encore, elle avait trouvé un document auquel elle ne comprenait pas grand-chose mais qui lui semblait important. Bastien semblait soucieux et parcourait l'écran frénétiquement.

« Tu sais ce que c'est ça ? »

« Non, pas vraiment. »

« Un accord entre les principaux actionnaires de Medisafe et Manon Bost stipulant qu'ils s'engageaient à révoquer Hubert lors du prochain conseil d'administration qui aura lieu en début d'année prochaine ! Les enfoirés... »

« Qu'est ce qu'on fait ? »

Bastien ne répondit pas, il se transféra les photos et prit soin de le supprimer du téléphone de sa fiancée. Au moment de remettre celui-ci dans son sac il sortit un trousseau de clefs et demanda :

« Et ça ? C'est quoi ? »

« Les clefs de chez Olivier. »

Elle ne se démontait pas et enchaina.

« Il a bien fallu que je sois seule chez lui pour pouvoir fouiller ! »

Bastien ne répondit rien, sa mâchoire semblait être fortement serrée et Alex restait là à fixer son profil nerveux. Il se mit à tourner en rond en murmurant le prénom de Manon sans vraiment comprendre ce qu'elle venait faire là. Il fut rapidement interrompu par Hubert qui entra dans le bureau sans frapper. Alex resta là, bloquée ne sachant trop comment réagir. Il referma la porte violemment et Bastien se figea également. Sa voix grave et imposante s'imposa naturellement :

« J'ai bien réfléchi, tout retourné dans tous les sens, je ne te lâcherais pas sur ce coup là Bastien, tu as toute ma confiance ! Laisse-moi un peu de temps. »

Il ne prit pas le temps d'écouter ce que Bastien aurait pu révéler de nouveau, ou au moins de recevoir des remerciements. La porte avait claqué comme si une tornade avait débarqué dans la pièce.

Alex se précipita vers lui, le regard plein d'espoir.

« Je dois y aller, mais crois en toi Bastien, vraiment, on va s'en sortir. »

Elle se sauva à son tour après avoir déposé à la commissure de ses lèvres un léger baiser. Elle referma la porte derrière elle après avoir abandonné le carton qui lui avait servi d'excuse pour se rendre à cet étage. Bastien resta là, enfermé, à moitié assis sur son bureau et ne bougea pas pendant plusieurs minutes.

Lorsqu'il se décida à aller voir Hubert, il aperçu à l'angle du couloir la silhouette d'Olivier qui se dirigeait à priori au même endroit, il préféra donc faire demi-tour et respecter la consigne, espérant que toute cette mascarade serait bientôt terminée.

Assis derrière son bureau, le regard dans le vide, Bastien se contentait d'attendre. Quoi, il ne le savait pas, un appel, une visite, un SMS d'Hubert, tout, n'importe quoi, quelque chose qui le délivrerait comme par miracle de cette situation.

Le téléphone sonna, l'assistante personnelle du patron lui demandait de venir immédiatement. Il s'exécuta, et dans les couloirs envoya un SMS à Alex pour la prévenir. Lorsqu'il arriva, la porte du bureau était entrouverte, il distingua rapidement deux silhouettes dans la pièce sombre. Les lamelles des stores laissaient à peine la lumière éclatante du jour percer la pièce mais il reconnu sans difficulté la chevelure d'Olivier, de dos, dans le fauteuil face à Huber. Olivier semblait nerveux, il avait la jambe tremblante.

« Bonjour Bastien, installe-toi ici. »

Hubert désigna le troisième fauteuil puis enchaina :

« Nous attendons encore un invité surprise. »

Olivier allait parler, mais Hubert le coupa net, il ne souhaitait pas converser avec ses deux invités du jour. Il attendait le troisième. Il n'eut pas longtemps à attendre, puisque déjà son téléphone sonna pour annoncer l'arrivée de l'invité mystère.

« Faites la entrer, je vous remercie. »

Quelques instants plus tard c'est Manon Bost qui surgit dans la pièce, suivit rapidement par une personne inattendue et inconnue de tous sauf d'Hubert. Il ne présenta pas Maître Morin qui s'installa sur le côté de la pièce.

« Mme Viliani, merci de votre présence parmi nous, je vais vous laisser le soin de vous présenter à mes collaborateurs les plus proches.»

Olivier joua l'air surpris, et pendant que Manon le salua, il regarda Hubert.

« Vous vous connaissez Bastien ? »

« On peut dire ça oui, ou alors Mme Viliani est le sosie parfait de Manon Bost. »

Gênée, elle ne répondit rien.

Hubert s'adressa à son avocat d'un signe de main. Il prit la parole :

« Madame, messieurs, je suis maître Morin, je représente les intérêts de la société Medisafe, je vais faire court, j'ai pris le temps nécessaire à l'analyse des différents documents que vos avocats ont présenté à Monsieur Hubert. A l'époque le dossier était suivi par Maître Laval. Suite à la mission qui m'a été confié j'ai tout repris depuis le début et je suis là aujourd'hui pour vous annoncer notre intention de dénoncer ce contrat. »

Bastien était absorbé par cet homme, la cinquantaine bien passée, le rasage datant d'un ou deux jours, et cette voix grave qui envoutait la pièce entière. Il n'écoutait plus, il remettait tous ces espoirs dans les mains de cet homme providentiel qui était en train de débiter tout un tas de chose sur l'association malsaine des deux compères installés juste à côté de lui. Il les sentait s'enfoncer dans leurs fauteuils l'air dépité.

Alex faisait les cent pas au rez-de-chaussée. Elle n'était pas revenue dans l'Amiral pour éviter toute conversation gênante, elle attendait un signe de Bastien tout en consommant une grande quantité de thé citron de la machine qui gobait ses pièces les unes après les autres.

Deux heures plus tard Bastien l'appela, il venait tout juste de sortir du bureau d'Hubert. Elle le rejoignit, passant le barrage de l'accueil sans s'arrêter adressant à peine un petit signe de la main. Elle courait perchée sur ses hauts talons. Elle croisa Olivier dans un couloir, dépité, il semblait être en plein échange verbal avec une femme et ça n'avait pas l'air tendre. Elle s'empara de ses clefs dans son sac à main pour les lui rendre mais en approchant elle reconnut Manon Bost. Olivier qui l'avait remarqué la regarda, elle n'avança pas et se contenta de faire demi-tour pour se diriger vers le bureau de Bastien. Elle entendit soudain une légère résonance derrière elle qui s'approchait vivement, elle reconnut le pas pressé, directif et sur de lui de d'Olivier. Elle se retourna et sursauta en le trouvant juste derrière elle. Il la serra dans ses bras.

« Alex, je suis content de te voir, tu me cherchais ? »

« Euh oui…je voulais te rendre tes clefs. »

« Merci mais tu sais tu peux les garder, ce sera plus simple. »

« Je ne préfère pas, merci quand même. »

Elle recula légèrement.

« Attends Alex, qu'est ce qu'il se passe ? »

« Justement je n'en sais rien, ce serait peut être à moi plutôt de te poser la question tu ne crois pas ? »

L'air gêné, il prit une seconde avant de reprendre le dessus.

« Alex, je ne sais pas quels sont les bruits de couloir en ce moment, mais j'ai toujours été sincère avec toi. Je suis heureux des moments qu'on a passé ensemble et j'espère qu'il y en aura encore beaucoup. »

« Je dois y aller Olivier et j'ai l'impression qu'on t'attend là-bas. »

Elle désigna du menton Manon Bost qui faisait les cent pas dans le couloir. Elle profita qu'Olivier se retourne pour s'éclipser. Elle entra précipitamment et sans frapper dans le bureau de Bastien.

Celui-ci ferma la porte derrière elle puis explosa de joie, il lui raconta tout se perdant dans les détails juridiques qu'il ne comprenait pas toujours lui-même. Le principal était là : il y avait des vices de formes dans les contrats qui liaient Medisafe à Secretlife. Hubert Troudon avait eu l'intelligence de prendre un avocat externe et loin de la société pour faire une seconde analyse de tout le dossier et il a entamé les démarches pour faire annuler cette alliance véreuse.

Alex l'écouta parler un petit sourire aux lèvres.

« Nous sommes sauvés ? »

« Je crois oui. »

Hubert entra à ce moment là dans le bureau. Il tapa sur l'épaule de Bastien.

« Mon ami, comment vas-tu ? Je suis désolé de t'avoir un peu malmené et fait patienter mais il fallait que j'assure mes arrières. »

Il se tourna ensuite vers Alex et la félicita pour les fiançailles et l'heureux événement à venir. C'est à ce moment là qu'Olivier passa devant la porte restée ouverte. Il regarda Alex, elle fixa ses yeux, il comprit à cet instant qu'il avait perdu la partie, depuis longtemps.

~~~~

Alex se fit rapidement arrêtée par son médecin pour pouvoir préserver sa grossesse de toutes les tensions qui trainaient ici et là autour d'elle. Elle coupa les ponts définitivement avec Pierre, son ex petit ami. Bastien a été officiellement annoncé à tous ces collaborateurs comme le futur directeur commercial France. Olivier a démissionné et n'ayant plus aucun but ni la confiance de sa famille, se donna la mort deux mois plus tard seul dans son appartement, ne laissant aucune explication. Manon et Claire Bost se sont définitivement brouillées et Claire a renoncé à son combat pour Louise après avoir compris que sa sœur entretenait ses soupçons depuis des années sans réel fondement. Claire partit s'installer à l'autre bout du monde, pensant tout de même à féliciter Bastien pour ses projets de vie. Hubert prit un nouveau tournant en se faisant débauché pour devenir le gérant d'une entreprise de logistique dans le transport de médicaments. La société Secretlife déposa le bilan peu après que le scandale est éclaté au grand jour.

Bastien et Alex attendent une petite fille, elle s'appellera Victoire. La date du mariage a été fixée l'été suivant son arrivée. Pistouille semble tout à fait heureux d'avoir retrouvé une famille en paix.